Le raï

DU MÊME AUTEUR

L'aventure du raï, musique et société

Bouziane Daoudi

Le raï

Librio
musique

Collection dirigée par Philippe Blanchet

« Moi, je n'apprécie plus le sommeil »

Oran, août 1985. Khaled est en smoking noir. Il affiche un sourire large et figé, comme le rire muet de Charlot. Durant les rares secondes où il se trouve seul, son visage s'obscurcit subitement. Il a le trac. Ce jour-là, au Théâtre de Verdure, le raï se montre enfin au grand jour, *officiellement*, alors qu'il embrase toute l'Algérie depuis six ans déjà.

Depuis ce printemps 1979 où il avait suffi d'une chanson pour enflammer toute la jeunesse algérienne, cette jeunesse qui représente les trois quarts du pays... Chaba Fadéla avait mis le feu aux poudres et chantait d'une voix sensuelle : « Moi je n'apprécie plus le sommeil/La bière est arabe le whisky européen/On m'a aveuglée pour ne plus voir mon amour/Le turban est arabe le béret français/Entre mer et rocher elle s'est complètement déshabillée/Endormis sur la plage l'eau nous a emportés. » Et ces phrases décousues, sans logique, rebondissant sur un synthétiseur langoureux et des bongos nerveux, étaient devenues un hymne, bien au-delà de l'Algérie et de sa diaspora. Jusqu'au Maroc voisin.

Oran, août 1985. Six ans après Chaba Fadéla, un festival

consacre enfin le raï. Au Théâtre de Verdure (ex-Petit Vichy) sur le front de mer, les officiels occupent le premier rang. Et Khaled sait que la plupart de ces responsables de la préfecture, de la mairie, de l'armée, de la police, du FLN (le parti unique à l'époque) ne l'aiment pas, et n'aiment pas cette musique.

Khaled aimerait être ailleurs. La peur lui noue la gorge. Cette gorge d'où fuse habituellement une voix puissante et brûlante qui plonge des millions d'Algériens dans l'excès et le vertige.

Khaled sait que, parmi les milliers de spectateurs du Théâtre de Verdure, sa mère, son frère et ses deux sœurs sont là. Dans la foule, il ne peut pas voir ses copains d'Eckmühl, son quartier à l'ouest d'Oran. Et pourtant, il sait aussi qu'ils sont tous venus voir le héros du raï, la star de cette musique qui enflamme l'Algérie, presque unie pour un soir. Ce soir-là, le raï est devenu une véritable affaire d'État. Et Khaled Hadj-Brahim se demande pour qui il va vraiment chanter...

L'orchestre attaque soudain le premier morceau. Khaled s'avance vers le devant de la scène. Il court à moitié. Pendant une poignée de secondes, les spectateurs retiennent leur souffle, leurs mains. Ces mains qui ont trop attendu et qui applaudissent à se faire mal. Les jeunes filles laissent échapper des cris incrédules : « C'est Cheb Khaled ? Oui, Cheb Khaled ! C'est lui ! ! ! » La plupart d'entre elles ne connaissent de leur idole que quelques photos mal reproduites sur les pochettes des cassettes. L'instant est d'une rare intensité.

Et Khaled se met à chanter. Lentement ses mélopées s'élèvent au-dessus de la foule. Puissantes. Souveraines. Et les poitrines se serrent pendant que sa voix s'envole vers la mer, vers les plaines au sud ou vers les monts du Murdjadjo... Oran vit un moment historique.

Une larme fait briller les yeux de Mme Hadj-Brahim. Elle sait désormais que son fils est l'Agérien le plus aimé du pays. Cette nuit, elle aura du mal à s'endormir. Ceux qui n'appréciaient plus le sommeil depuis longtemps, eux, iront noyer leur longue nuit dans les bars de la Corniche, le long des plages d'Oran, histoire de prolonger cette fête qui couronne définitivement le roi du raï. Dix ans plus tard, installé en France, Khaled devendra le chanteur arabe le plus connu du xxe siècle. Et le raï sera complètement consacré.

Chapitre premier

Le temps de la colonie

Une heure d'avion de Marseille, deux heures de Paris, un siècle et demi d'histoire commune avec la France. Deux millions et demi de kilomètres carrés aux trois quarts désertiques et environ trente millions d'habitants dont quatre-vingt-dix pour cent occupent la façade méditerranéenne. L'Algérie !

Depuis la haute Antiquité, ce territoire nord-africain est une terre de convoitise et d'émigration pour divers peuples méditerranéens comme pour ceux du nord de l'Europe. L'Algérie fut tour à tour un territoire carthaginois, romain, arabe dès le VIIe siècle, puis ottoman depuis le XVIe siècle jusqu'à la conquête française qui commença en 1830 et mit cinquante ans à soumettre entièrement le pays. Depuis la conquête arabe, jamais l'Algérie n'a été autant bouleversée que sous la domination française, un tremblement de terre violent et irréversible. Les effets de cette véritable révolution économique, sociale, culturelle, voire mentale, qui a détruit l'ancienne organisation sociale algérienne, marquent encore l'Algérie d'aujourd'hui. La conquête française a imposé une colonisation de peuplement rarement vue auparavant, en donnant les meilleures terres aux colons venus de France et des autres pays européens. Dès la fin du XIXe siècle, des dizaines de milliers d'immigrants s'installent chaque année dans le pays. À la veille de l'indépendance algérienne en 1962, la population d'origine européenne avoisine un million d'habitants, soit à peine huit fois moins que les Algériens d'origine. C'est dans l'Oranie, l'une des deux régions agricoles les plus riches du pays avec les plaines de l'Algérois, que la colonisation de peuplement est le plus massive. On voit alors pousser dans les campagnes algériennes des villages typiquement alsaciens, bretons, corses, provençaux, catalans ou andalous avec leur place centrale entourée de la mairie, l'église, le grand café, la salle des fêtes... À deux ou trois kilomètres de ce type de village, au bout d'une route en terre, se trouve le hameau « arabe », qui regroupe les familles des ouvriers agricoles et autres petits employés indigènes, reconnaissable au minaret de sa mosquée blanche, aux hauts murs de ses maisons en torchis, à ses ruelles boueuses l'hiver, poussiéreuses l'été. Ses habitants rêvent à un avenir meilleur en ville où les plus démunis finissent par s'exiler, en quête d'un hypothétique travail. L'appauvrissement et la dépossession des paysans indigènes provoquent un phénomène d'une rare ampleur, la clochardisation.

C'est tout ce contexte qui constitue un terreau fertile pour l'apparition du raï. La région d'Oran est en effet sillonnée par des centaines de musiciens et danseuses dits « *ambulants* ». Ils ironisent sur les mirages de la ville, se lamentent sur les amitiés trahies, regrettent les anciennes valeurs, célèbrent les étreintes illigitimes, vantent le vertige de l'ébriété. Leurs improvisations désordonnées se terminent souvent par l'expression *ya rayi*, ô mon raï. C'est-à-dire tel est mon sort, mon destin, ou, plus exactement, ma poisse, ma mauvaise étoile. Complainte de la déprime, du cafard, *ya rayi* résume aussi l'exclusion de toute une population des « bienfaits de la civilisation ». L'Algérie coloniale calquée sur le modèle métropolitain a fait des Algériens des étrangers dans leur propre pays, majoritairement analphabètes et quasiment sous-citoyens.

Durant l'occupation française, l'Algérie est divisée en trois départements d'outre-mer, l'Algérois, l'Oranie et le Constantinois, avec des institutions comparables à celles de la métropole mais dont les indigènes restent massivement exclus. Après une guerre de décolonisation des plus meurtrières de ce siècle, déclenchée en 1954, la présence française s'achève en 1962, laissant de très profondes marques dans un territoire qui est devenu le plus grand pays francophone du monde après la France, tout en étant de langues arabe et berbère, ou plutôt de leurs dérivés dialectaux (des dialectes largement influencés par le français et l'espagnol en ce qui concerne le parler oranais). Cette histoire, ces caractéristiques ont fait et défait les diverses musiques nées ou développées dans le pays : bédouines, citadines, arabo-andalouses, berbères, africaines, hispaniques, françaises, marocaines...

Chapitre 2

L'indépendance qui déchante

Les musiques algériennes évoluent ou naissent sous le signe des bouleversements chroniques et des croisements multiples. Un métissage que va (officiellement) nier l'Algérie indépendante, notamment celle du régime militaire de Houari Boumediene, le colonel qui renverse en 1965, lors d'un coup d'État pacifique, le premier président algérien Ahmed Ben Bella, héros de la résistance anticoloniale. Avec Ben Bella, l'Algérie indépendante inaugurait déjà son long compagnonnage avec le populisme étatique. Un populisme que le régime de Boumediene renforce et systématise : nationalisations tous azimuts (notamment le secteur des hydrocarbures), édification de gigantesques complexes industriels d'État, multiplication des usines publiques, des chantiers, collectivisation des terres... Le pays est une fois de plus transfiguré, en attendant les lendemains qui chantent promis à une population avide d'égalitarisme économique et de justice sociale. L'Algérie détient alors l'un des plus forts de taux de croissance démographique du monde tandis qu'un exode rural massif accroît à un rythme incroyable la population des villes (la crise aiguë du logement n'est d'ailleurs toujours pas réglée aujourd'hui !). Attirés par le développement de l'emploi urbain que favorise la manne pétrolière (dans les années soixante-dix, le baril de pétrole dépassait les trente dollars), les ruraux devenus ouvriers forment la majorité du salariat algérien. Parqués dans des cités surpeuplées, ils tentent de reproduire avec leurs voisins les liens de solidarité ancestraux de leur village d'origine. Les faubourgs et périphéries populaires des villes voient ainsi apparaître une nouvelle sorte de population, les « rurbains », faisant de leurs quartiers des sortes de villages citadins où l'anonymat n'existe pas. Dans l'Ouest algérien, ils représentent la première clientèle du raï. Leur trajectoire, leur destin, leur vie quotidienne nourrissent ce blues des déracinés.

Du début des années soixante jusqu'à la fin de la décennie soixante-dix, ces « rurbains » font fleurir dans l'Oranie un nouveau raï enrichi de nouveaux instruments (la trompette, l'accordéon, la guitare électrique), mais qui garde encore vivaces ses racines traditionnelles. Chantant la vie dissolue des villes, la famille disloquée, l'enlacement charnel dans les champs discrets autour des villes ou le long des plages désertes, c'est un raï qui ricane et gémit sous l'austérité du socialisme industriel et nationaliste.

La politique socialiste à visage islamique de Boumediene impose une politique culturelle arabo-musulmane niant la dimension multiculturelle de l'Algérie. L'arabe dialectal comme les langues berbères, dont notamment le kabyle, n'auront pas droit de cité dans l'Algérie officielle. La radio et la télévision nationales, qui appartiennent à l'État, diffusent la millénaire musique andalouse héritée de l'Espagne arabe, les folklores de toutes les régions, y compris kabyle, et surtout une variété nationale croisant rythmes locaux et influence égyptienne. Bien sûr, la chanson nationaliste et hagiographique ne sera pas, loin de là, la moins promue. Mais Cheikha Rimitti, vedette dès 1954, et Cheb Khaled, célèbre dès 1974, autrement dit la mamie et le jeune loup du raï, ne sont pas relayés par les ondes. Silence radio total, alors que leurs quarante-cinq tours et cassettes circulent à travers tout le pays !

Quand Houari Boumediene disparaît en décembre 1978, les militaires se mettent d'accord pour désigner le colonel Chadli Bendjedid, alors patron de la région la plus militarisée du pays, celle de l'Oranie, comme le nouveau chef d'État. Son régime relâche l'étau, fait ses premiers pas sur la voie d'un libéralisme (malheureusement marqué par le développement de la corruption), et défait quelques « acquis sociaux irréversibles » du socialisme. C'est l'époque aussi où éclatent les révoltes urbaines : Tizi Ouzou, la métropole kabyle, en 1980, Oran en 1982, Constantine et Alger en 1985. Mais, le plus grand événement populaire que connaît l'Algérie depuis l'indépendance reste les émeutes déclenchées par la jeunesse, le 5 octobre 1988, à Alger avant d'atteindre vite le reste du pays. Le multipartisme et la liberté de la presse sont instaurés. Le Front Islamique du Salut, le FIS, en profite pour faire son apparition au grand jour. Bien implanté et très actif dans les milieux modestes, pourfendant le régime « tyrannique » pour promettre la justice sociale et le châtiment aux corrompus et autres voleurs de l'État, le FIS emporte largement les élections municipales de 1990 et le premier tour des élections législatives de 1992. Après le cauchemar du paradis socialiste, « l'éden » islamique semble enfin à portée de la main. Pas pour longtemps : le régime militaire annule le second tour des législatives avant de contraindre le président Chadli à la démission. Le FIS est interdit, le Groupe Islamique Armé, GIA, apparaît. Entre guérilla, terrorisme, règlements de compte, banditisme et manipulation, la guerre à laquelle se livrent le GIA et les forces de sécurité fait plus de cent mille victimes, en très grande majorité des civils. Le raï y perd son chanteur le plus populaire à l'époque, Cheb Hasni (encore aujourd'hui la plus grande star du pays), assassiné peu après midi, le 29 septembre 1994, à Gambetta, son quartier natal à Oran.

Chapitre 3

Oran la belle

« Ville somnambule et frénétique », c'est ainsi qu'Albert Camus qualifiait en 1939 la ville d'Oran dans son essai polémique *Le Minotaure ou la halte d'Oran*. Il y brocardait, en bon écrivain algérois, les travers de la cité et de ses habitants, si indifférents à leur « admirable paysage ». Il faut dire que la rivalité entre les deux villes est vieille comme le monde et évoque un peu les rapports entre Parisiens et Marseillais. Dès le XVe siècle, le penseur Sidi Ahmed ben Youssef affirmait : « Constantine étudie, Alger fabrique et Oran gâte. » Qu'ils soient d'origine musulmane, chrétienne, juive, française, espagnole, marocaine, arabophones ou berbérophones sous la colonisation, les Oranais se sont toujours farouchement accrochés à leur mode de vie marqué par l'heure espagnole : déjeuner tardif, dîner tardif, promenades sur les grands boulevards et bavardages sans fin. Cette nonchalance – insouciance, diront les plus critiques – unifie et transcende les diverses origines des Oranais. Elle est en quelque sorte le blason de la cité.

Oran, *Wahran*, « les Lions », en ancien berbère, cité fondée en 902 par l'alliance entre des marins andalous, heureux d'y trouver de l'eau douce, et des tribus berbères, a toujours eu une vocation maritime. Seconde ville et port d'Algérie, Oran est le cœur d'une riche région agricole et industrielle, cernée de villes créées par les colons comme Arzew, Sig, Aïn Témouchent, Sidi Bel Abbes, Maghnia, Saïda, Oued-Rihou, Chlef (ex-El Asnam, ex-Orléansville), ou de cités plus historiques comme Mascara, Mostaganem, Relizane, Nédroma, Tlemcen, Tiaret. Elle est enfin le débouché maritime de villes sahariennes comme Colomb-Béchar.

Sous la colonisation, la métropole oranaise s'impose comme la ville la plus européenne d'Afrique du Nord. Lors de la colonisation française, ce sont les Espagnols qui forment la majorité de la population européenne de la ville, estimée au début des années soixante à trois cent cinquante mille habitants, dont cent trente mille Algériens musulmans.

Mais « comment s'attendrir sur une ville où rien ne sollicite l'esprit », se demandait Camus à propos d'une cité « où la laideur est anonyme, où le passé est réduit à rien » et dont les habitants sont connus depuis toujours pour leur prédilection pour le commerce et le sport. La réponse, on la connaît aujourd'hui. Elle claque comme un drapeau au vent : le raï, musique arabe la plus connue du siècle, vient d'Oran !

Depuis la colonisation, la ville est réputée pour son attrait touristique et plus particulièrement pour celui des plages de sa Corniche à flanc de montagne. Les paysages sont sublimes et les boîtes de nuit prospères. C'est peut-être pour cela que tous les Maghrébins connaissent la chanson de Lili Labassi, le père de l'acteur Robert Castel, *Wahran el-bahyia Wahran ez-zahiya* (Oran la belle Oran la joyeuse). Ahmed Wahby, l'un des premiers modernisateurs du chant oranais, chantait, lui, dès 1950, sur le mode de la nostalgie, un Oran qui n'était plus, *Wahran Wahran* (ou *Ouahran Ouharan*) : « Wahran Wahran tu pars en pure perte/Les gens valeureux t'ont quitté/Mais l'exil est dur et traître. »

Chantre de l'âme de la ville, Ahmed Wahby se souvient de l'évolution de sa cité sous la colonisation : « Oran était entourée de remparts, de forts, de portes... On se connaissait tous. Ville nouvelle, c'était pratiquement une même famille. Sid el Houari était occupé par les Espagnols parce qu'ils étaient pêcheurs. Oran était une petite ville cernée de remparts avec des meurtrières, comme si c'était la guerre. À chaque coin, il y avait un fortin, des garnisons et des portes avec des soldats. Dans les années trente, on a retiré les soldats parce qu'on a commencé à construire au-delà des remparts et c'est là que sont nés les quartiers El Hamri, Medioni, Boulanger... Après la Seconde Guerre mondiale, on a détruit les remparts et les forts parce que Oran a pris de l'expansion, commençait à grandir. »

Depuis l'indépendance du pays, la ville n'a cessé de se construire et surtout de s'étendre sous la pression conjuguée de la croissance démographique et de l'exode rural. Des cités sans âme, sans équipements sociaux ou culturels, à peine reliées au centre par une route et une ligne d'autobus, viennent s'ajouter à la ville dont un des grands pôles se nomme Mdina Jdida.

L'origine de Mdina Jdida remonte à 1845, lorsque le général Lamoricière fonde le village indigène, sur le plateau Kargentah, qui devient le village des *djalis*, des étrangers à la ville. Les Français baptiseront l'endroit Village nègre. Ses habitants l'appelleront Mdina Jdida (Ville nouvelle). Avec ses cafés maures et son marché, Mdina Jdida sera l'un des centres vitaux où se côtoient musiciens et chanteurs traditionnels ou modernes. Le café Bessahraoui, par exemple, sera le rendez-vous des chanteurs, poètes, interprètes occasionnels et maîtres de la musique bédouine citadinisée.

Chapitre 4

Les Bédouins dans la ville

Dans l'Algérie soumise, les bourgs coloniaux et les villes voient apparaître dès la fin du XIXe siècle de plus en plus de chanteurs et chanteuses itinérants. À travers l'Oranie, ils colportent le chant *bédoui*, bédouin, c'est-à-dire une musique à l'instrumentation rudimentaire, flûte en roseau (*gasba*), large tambourin (*bendir*) et percussion longiline (*guellal*). Les instruments des musiciens, leur costume (djellaba et turban), leur phrasé, tout dénote leurs fortes racines rurales. Courant les esplanades des villes et les souks des villages, ils improvisent un nouveau style de chanson incluant des thématiques, des formules, des clichés puisés dans la vie quotidienne, dans la langue de tous les jours. Ces chants sont créés et diffusés dans les milieux populaires et rompent avec le langage précieux et la pratique codifiée des musiques établies. Ils privilégient le métissage musical et la liberté de ton, cultivent l'irrévérence, voire la provocation, en évoquant des passions impossibles, des amours grivoises, ou en prenant l'allure de satires désabusées et de prophéties alarmistes. Ces chanteurs, souvent accompagnés de danseuses, interprètent aussi les fleurons de la poésie bédouine, des textes à la métrique rigoureuse, à la langue métaphorique et au vocabulaire recherché. On affuble du nom de *cheikh*, maître, les auteurs interprètes des élégies distinguées de l'art bédouin. Ils ont influencé des générations de chanteurs raï. Animateurs de cafés maures, ces cheikhs (ou *chioukh*, en arabe) se produisent souvent chez leurs compatriotes juifs, tenanciers de débits de boissons où l'on sert de l'alcool (l'administration coloniale interdisait aux cafetiers musulmans de se procurer la licence pour en vendre). On croise souvent les créateurs bédouins dans le café du virtuose juif de la musique arabo-andalouse Saoud Médioni, dit l'Oranais, le mentor de Reinette l'Oranaise, ou dans les bistrots qu'animent Maâlem Zouzou ou Elie Moyal dit Lili Labassi, autres maîtres juifs de l'art hérité de l'Espagne arabe.

Plus ou moins citadinisés, les plus célèbres des poètes bédouins s'appellent Cheikh Hachemi Bensmir (1877-1938), dit « Taïr Labiadh » (l'Oiseau Blanc), Cheikh Benyekhlef Boutaleb (1883-1957), Cheikh Madani (1888-1954), Cheikh Hamada (1889-1968), Cheikh Abdelkader El-Khaldi (1896-1964). El-Khaldi se singularise par des poèmes raffinés qui vantent ses multiples conquêtes. Parmi elles, la fameuse Bakhta, à qui il consacrera plus de cinquante poèmes ! El-Khaldi est la référence absolue pour les chanteurs de raï ancien, mais aussi pour les nouvelles stars du genre, à l'exemple de Khaled qui a repris son ode exaltée *Bakhta* sur l'album *N'ssi n'ssi*. Plusieurs de ses morceaux sont aujourd'hui des standards : tous les chanteurs de raï ont repris ce qui est considéré comme un classique du genre, *Yad del marsam* (Ô Sanctuaire), chant composé dans les années vingt par le barbier Cheikh M'hamed dit « Er-Rouge » (le Rouge) : « Ô sanctuaire, redis-moi ce qui s'est passé ici/Car c'est bien ici que nous avons vécu des instants merveilleux/Ma gazelle et moi/Je te tiens un langage gracieux/Mais tu restes sourd et muet et ne me réponds pas. » C'est grâce à ce poème qu'un adolescent au seuil d'une immense carrière se fera connaître dans tout le pays dès 1982, Cheb Mami...

Respectueuses de la poésie écrite et sophistiquée, des femmes souvent déracinées, délaissées, veuves, divorcées ou répudiées, sans ressources, donnent au raï ses aspects les plus sensuels en parlant de sexe sans fioritures ni préciosité. Les anciens Oranais se souviennent de ces chanteuses sulfureuses : Zohra bent Ouda, Soubria bent Menad, Bnat (les filles de) Baghdad, Kheira Guendil, Snabbiya, Fatma el Khadem, Mama el Abassia, Cheikha Aïchouch, Zohra el Relizania ou Aïcha el Wahrania qui chante à la fin des années vingt : « Mama tu as le vin mauvais/Et ça te rend querelleur/Tu m'as habituée à tes visites/Puis tu as cessé de venir/Mama qui t'a poussé à me tourmenter/Tu me plonges dans l'inquiétude. » En raï ancien ou en version électrique, ce type de chant fait partie jusqu'à aujourd'hui du patrimoine féminin, surtout celui des *meddahate* (singulier *meddaha*, louangeuse, griotte). Ces orchestres traditionnels féminins se produisent exclusivement pour un public féminin lors des fêtes familiales où seuls les petits garçons accompagnant leurs mères et sœurs sont admis, comme au hammam. Plusieurs chanteuses de raï actuel ont fait leurs classes au sein des meddahate.

Ces femmes, qui vantent les embrasements charnels, les infidélités cruelles, la griserie éthylique, chantent aussi les odes mystiques musulmanes, d'où d'ailleurs leur nom de laudatrices, meddahate. Leur répertoire religieux a été largement nourri par les poèmes mystiques de Abdelkader Bentobji (1871-1948), auteur du fameux chant interprété jusqu'à nos jours par les chanteuses et chanteurs de raï, y compris ceux nés en France comme Faudel : *Abdelkader ya bou el aâlem* (Abdelkader l'homme à l'oriflamme). Cet éloge du saint Sidi Abdelkader El Djilani (XVe siècle), créateur de l'obédience soufie la plus populaire du Maghreb, ouvre généralement les prestations des meddahate tout comme le poème mystique de Kheïra Essabsajiya, morte en 1940, célébrant le saint patron d'Oran, Sidi El-Houari : « El Houari seigneur des meilleurs/M'a appelée d'urgence/Après m'avoir ravi l'esprit il s'en est allé/Me laissant anéantie (d'amour) pour lui/El Houari est trop loin de moi/Alors que son amour dans mon cœur est si puissant. »

Parfois la poésie chantée croise la politique. En 1931, Houari Hanani écrit *S'hab el baroud* (Gens de la poudre), une réponse patriotique aux commémorations du centenaire (1930) de la colonisation de l'Algérie. Cette chanson exaltant les vertus et la fierté des vaincus d'hier, le courage des guerriers combattant l'armée coloniale, deviendra l'un des plus grands succès de Khaled en 1983 à cause de son refrain prophétique : « Les gens de la poudre avec leurs fusils/Portent les bouches de canon la mèche allumée/Nos chefs ont délibéré et décidé/Ils ont voulu réaliser ce jour de célébration. »

Chapitre 5

Le swing des modernistes

En 1935, le film égyptien *La Rose blanche*, dans lequel le chanteur Mohamed Abdelwahab est l'une des vedettes, tient l'affiche pendant plusieurs mois dans les grands centres urbains en Algérie. Du coup, la chanson nouvelle du Caire supplante l'engouement pour les répertoires locaux. Arabe et moderniste, la musique du Moyen-Orient, notamment propagée par la firme discographique libanaise Baïdaphone, fait à ce moment-là une percée spectaculaire. Très vite, elle constitue un véritable danger pour l'administration coloniale qui y voit les germes d'un nationalisme exacerbé. Lors d'une conférence en février 1937, le bachagha Smati s'insurge, considérant cette musique comme une « forme de propagande antifrançaise d'autant plus dangereuse qu'elle s'exerce sur un terrain neuf et par des moyens insidieux. Je veux parler de la propagande par le disque en faveur des idées nationalistes et panarabes d'importation orientale ».

Le scoutisme algérien est aussi l'une des principales écoles du nationalisme par lesquelles vont passer nombre de chanteurs comme les Oranais Ahmed Wahby ou Blaoui Houari, précurseurs du raï dès les années quarante. Le scoutisme fournira maints chants éducatifs destinés à la jeunesse ; des chants modernes, inspirés par la musique du Caire et marqués par un fort contenu arabo-nationaliste.

Entre la promotion de l'identité arabo-musulmane et la nouvelle création musicale, les chanteurs et musiciens vont de plus en plus s'intégrer dans le réseau de la production moderne de la musique. Ainsi, Cheikh Hammada va réaliser en 1930 un disque chez Gramophone à Berlin (où il rencontra le grand compositeur égyptien Mohamed Abdelwahab) avant d'enregistrer avec Abdelkader El-Khaldi à Paris, chez Pathé-Marconi, en 1938. Cette même année, on dénombre quatre-vingt mille neuf cent un postes récepteurs radio déclarés en Algérie dont deux mille neuf cent soixante-six pour les indigènes, qui peuvent suivre, dès 1935, les concerts de musique arabe donnés en direct par Radio-Alger.

La modernisation de la musique algérienne touche essentiellement la composition orchestrale, influencée par la nouvelle chanson égyptienne. La musique occidentale, de plus en plus présente, marque aussi de son empreinte cette rénovation musicale algérienne. Maurice Chevalier, Édith Piaf, Luis Mariano, Tino Rossi ou Joséphine Baker sont loin d'être des inconnus pour les jeunes mélomanes indigènes. Le piano devient même un des instruments à la mode chez les musiciens de cette nouvelle génération, tandis que l'accordéon impose petit à petit ses sonorités aux oreilles des jeunes Oranais musulmans. Blaoui Houari se souvient du temps où, enfant, il traînait dans le café de son père, au cœur de l'actuelle Mdina Jedida, le quartier arabe à l'époque coloniale. Il y croisait des « navigateurs qui s'y donnaient rendez-vous en rapportant des disques de l'étranger ». Blaoui Houari trouvera son style à partir des chants d'Abdelwahab ou d'Oum Kalsoum, mais s'inspirera aussi du flamenco, du paso doble et des chansons de Tino Rossi : « J'avais un copain juif, Sébaoun, qui avait la voix de Tino Rossi. Je l'ai accompagné une fois à la guitare pour interpréter *Le Contrebandier* devant les copains qui, enthousiasmés, nous ont poussés à nous présenter au radio crochet des Folies Bergère (cinéma du centre-ville d'Oran, rebaptisé un temps Pigalle et aujourd'hui appelé El Feth). Nous avions remporté le premier prix avec *Le Contrebandier*, on a même été bissé. C'était vers 1940-1941. » Blaoui Houari, né en 1926 à Oran, est considéré par les chanteurs de raï moderne comme un véritable précurseur. On salue sa qualité de modernisateur à l'ancrage bien oranais, ainsi que son travail d'adaptation des textes bédouins populaires de l'Oranie. L'autre grande figure de la première modernité oranaise se nomme Ahmed Wahby (né en 1921 à Marseille, mort à Oran en 1993). Descendant d'une grande famille religieuse soufie, il est considéré comme le plus important adaptateur du chant du terroir oranais aux nouveaux canons de la chanson du Caire (où il a séjourné quelques années). Wahby (de son vrai nom Derouiche Ahmed Tidjani) reste l'auteur en 1950 de *Wahran Wahran* (Oran Oran), chanson emblématique d'une oranité profonde et à jamais perdue. Ce grand titre sera repris par Khaled sur son album *Sahra*.

À Oran comme dans les petites villes et les bourgs de la région, chaque quartier possède ses orchestres occidentaux, français ou espagnols, qui animent les bals populaires. Quelle que soit l'occasion de la fête, on peut y entendre, outre les airs en vogue en France ou en Espagne, les dernières nouveautés venues d'Amérique du Nord ou du Sud, Caraïbes compris. Ces formations sont plus ou moins mixtes, mélangeant souvent les origines et les confessions. Parfois, elles sont entièrement composées de musiciens musulmans. Influencés par les disques que les GI et les Marines ont embarqués dans leurs bagages (les Américains débarquent en novembre 1942 à Oran), ces orchestres vont se mettre à proliférer à partir de cette date. Blaoui Houari, alors engagé comme pointeur au port pour les Américains, se met à l'accordéon et joue dans le café paternel, désormais installé place Saint-André, au cœur du quartier juif. Il reprend des airs américains en vogue, fox-trot, be-bop, boogie-woogie, swing : « Mon copain Maurice Medioni (pianiste juif installé alors à Marseille), m'a embarqué avec lui pour animer les apéros au café Salva. Il jouait au piano, et moi à l'accordéon, les succès américains et français. D'ailleurs, un capitaine américain m'avait pris en estime, il voulait m'adopter et m'emmener aux États-Unis. Mon père ne fut pas d'accord. »

Au début des années quarante, les salles de spectacle se multiplient, de plus en plus investies par une population musulmane qui engage davantage d'orchestres modernes pour ses fêtes de mariage. Le chant traditionnel se divise de plus en plus nettement entre des séquences religieuses et des moments bien plus profanes. La séparation des espaces musicaux féminin et masculin est troublée par l'intrusion dans le gynécée des chants diffusés par la radio. L'apparition du disque accentue encore un peu plus ce phénomène. Les *cheikhate* (*cheikha* au singulier, maîtresse de la musique traditionnelle) se produisent de plus en plus souvent devant des publics masculins, le visage dissimulé par une simple voilette.

Dix ans plus tard, le métissage musical est définitivement en route : influences espagnoles, françaises, rumba cubaine, jazz (Louis Armstrong se produira en 1948 à

Oran) et chansons égyptiennes (popularisées notamment par des chanteurs tunisiens tels que Mohamed Jamoussi), un fabuleux melting-pot est en train de se dessiner pour donner au raï quelques touches de couleur supplémentaires.

Chapitre 6

Les « métisseurs »

Dans les années cinquante, le Petit-Vichy d'Oran (devenu plus tard le Théâtre de Verdure) affiche les grandes vedettes de la métropole : Georges Guetary, Charles Aznavour, Ginette Leclerc, Sacha Distel, Mado Robin, Georges Jouvin et son orchestre, Gloria Lasso... À Canastel, village balnéaire à l'est de la ville, Le Casino, lieu d'animation musicale très couru, présente Dario Moreno, Carmen Sevilla, André Claveau et des dizaines d'artistes de variétés espagnoles et de flamenco. L'orchestre Paul Morris accompagne les artistes qui se produisent au Casino. À la trompette, on trouve souvent Djelloul Bendaoud. Mohamed Belarbi, de son côté, fait ses débuts en 1952 à Oran dans l'orchestre de Jacques Vidal. Il jouera de la batterie dans différents groupes à partir de 1956 tout en intégrant les rythmes afro-cubains dans ses compositions. Kuider James, de Cité Petit, quartier périphérique d'Oran, compose en 1957 *Rouhi Wahran rouhi be slama* (Va Oran va en paix), chanson réactualisée en fonction de la conjoncture algérienne au début des années quatre-vingt-dix par Khaled : « Va Oran va en paix/Le cœur qui t'aimait moi je le brûlerais/La malédiction des ancêtres est toujours là comme un sort. »

Petit-fils du fameux colonel de l'armée française Bendaoud, Djelloul Bendaoud, né en 1928 à Saint-Antoine, quartier situé au cœur de l'Oran multiconfessionnel, est dans son enfance un des très rares élèves musulmans du Conservatoire. En 1956, il crée son groupe, l'Orchestre Bendaoud, sur le modèle des formations américaines. Parmi les musiciens, on trouve Maurice Medioni au piano, les frères Azzouz, à la guitare et à la contrebasse, le saxophoniste Manuel Martinez, dit « Manou », ancien condisciple de Bendaoud au Conservatoire, et enfin Boutlélis, dit « le Cubain », transfuge de l'orchestre de Blaoui, à la batterie. Entre deux reprises d'airs occidentaux en vogue, l'orchestre accompagne quelques jeunes vedettes locales pour qui Bendaoud compose des succès : Ahmed Saïdi, Ahmed Saber et sa première femme Anissa, Mériem Abed (compagne de Bendaoud), M'hamed Benzerga, Hasni Serrour ou Mahieddine Bentir, champion de cross et rocker de variétés franco-arabes (*Cha cha cha chéchia, Ya Mama chérie*). De tous ces interprètes qu'accompagne l'Orchestre Bendaoud, deux chanteurs aux destins tragiques vont marquer deux générations d'Oranais : M'hamed Benzerga (1936-1959) et Ahmed Saber (1937-1971). Une trajectoire fulgurante brutalement arrêtée par un accident de moto donnera à Benzerga l'aura d'un James Dean de la chanson que les Oranais continueront à entretenir à travers son célèbre *Nebghik nebghik* (Je t'aime je t'aime). Ahmed Saber (de son vrai nom Benaceur Baghdadi) vulgarisera dans une interprétation moderne les textes les plus marquants de la musique bédouine citadinisée, *Rani m'hayer, Biya daq el mor, Oktia*, *Malheureux toujours*, avant de disparaître prématurément, miné par la drogue et l'alcool.

Comme ces deux pionniers disparus trop tôt, la plupart des chanteurs modernistes qui marquent les interprètes de raï actuel font leur percée et effectuent leurs premiers enregistrement, durant les années cinquante. En 1954, la sensuelle Cheikha Rimitti sort chez Pathé *Charak gataâ* (« Déchire lacère et Rimitti raccommodera »). Avec ce véritable manifeste d'un raï sulfureux, Rimitti bouscule définitivement les bluettes métaphoriques en parlant sans détour de passion charnelle. Alors que la guerre d'Algérie, déclenchée le 1er novembre 1954, fait rage dans les campagnes, la décennie cinquante voit les cheikhate, les maîtresses du raï traditionnel et provocant, s'imposer sur la scène musicale : Cheikha Oûda, el Jarba (littéralement la Galeuse) el Wahrania, Habiba Essghira (la Petite), Grelo (Cafard) el Mostghanmia...

Cheikha Bachitta, de Mascara, qui se présentait en bottes, casquette et pantalon dès la fin des années quarante, vole la vedette au grand Abdelkader El-Khaldi. Cheikha el Ouachma (la Tatouée) el Tmouchentia chante en 1957 *Gatlak Zizia* (« Zizia te dit ce soir on couchera chez moi »). Elle reste surtout comme l'interprète de *Smahni ya el commandar* (Excusez-moi ô commandant) et *Sid el hakem* (Monsieur le juge), deux chansons qui évoquent le quotidien de la guerre et le vécu du petit peuple sous la répression militaire. Le raï, fidèle à sa mission, accompagne les Algériens dans leur vie de tous les jours, y compris dans les moments les plus durs.

C'est l'époque où les « mauvais lieux », les quartiers réservés, sont encore hantés par des musiciens et des chanteurs de fortune qui transmettent de vieux standards et des improvisations où dominent grivoiseries et chansons lestes. Les nationalistes condamnent ces chansons, considérées comme de purs produits de la colonisation dévoyant la personnalité algérienne. Plus généralement, la guerre et les pressions du FLN (Front de Libération Nationale) mettent en sourdine l'activité des chanteurs et musiciens. Beaucoup d'entre eux, comme Blaoui ou Ahmed Saber, se font même jeter en prison. D'autres, comme Ahmed Wahby, rejoignent en 1957 la troupe artistique du FLN à Tunis. Guerbi Hamida, dit « Taroune », un des chanteurs les plus populaires du début des années cinquante à Oran et véritable « raïste » de l'époque avec son répertoire cru, se fait abattre par erreur par un *fidai* (partisan), après avoir été soupçonné de collaborer avec la police coloniale. Il sera réhabilité après l'indépendance.

La chanson et la musique évoluent profondément au cours de cette décennie. On assiste à la multiplication des passerelles entre les diverses musiques aux styles et aux publics bien distincts. Mais la révolution la plus importante, qui va faire faire au raï un véritable bond en avant, réside surtout dans la professionnalisation du milieu musical. Les artistes travaillent désormais avec les radios et sont recrutés pour les saisons arabes des théâtres d'Alger et d'Oran. Ils sillonnent l'Algérie et font parfois des tournées en France dans les villes à forte concentration d'immigrés maghrébins. Partout, ils familiarisent le public à de nouvelles sonorités, à de nouveaux métissages, préparant le raï de demain.

Chapitre 7

Les yé-yé de la plage

Le 5 juillet 1962, l'Algérie fête son indépendance. Enfin le pays va appartenir à ses premiers habitants. Dans les villes, les emplois et surtout les logements laissés vides par la population européenne en fuite attirent des flux de population de la campagne. Les jeunes femmes sont moins cloîtrées chez elles et suivent les modes occidentales. Musicalement, la vague du rock et du rhythm and blues américains et celle des yé-yé français font fureur parmi la jeunesse. C'est ainsi que se forment les premiers groupes imitant les vedettes d'Amérique, d'Angleterre et de France. « Je me rappelle l'époque des membres de l'OAS (Organisation Armée Secrète, mouvement terroriste français anti-indépendantiste), juste avant la fin de la guerre, qui se baladaient avec des pistolets et arrêtaient les gens dans la rue. Ils venaient nous provoquer devant le lycée. Alors, après l'indépendance, les gens voulaient seulement s'éclater, comme après chaque guerre », se souvient Rachid Bahri, pionnier du rock algérien, aujourd'hui figure de la variété française. « En Algérie, nous étions plus exigeants musicalement, raconte Bahri. Nous avions découvert très tôt des artistes comme Carlos Santana ou Keith Jarret. Quand je suis arrivé à Limoges en 1973, personne ne les connaissait, alors que nous nous faisions une très haute idée de la musique en Occident. D'ailleurs, la crème des musiciens à Paris était le plus souvent constituée de pieds-noirs d'Algérie. »

Jusqu'au début des années soixante-dix, Oran continue de recevoir les nouvelles vedettes occidentales. Plus proches géographiquement et culturellement, les groupes espagnols animent régulièrement les boîtes de nuit et les cabarets oranais. En 1964-1965, la troupe de chants et de danses d'Antonio Murillo joue au Scotch Club du boulevard de la Soummam (ex-Galliéni), l'orchestre Los Jamaï'ks de Barcelone à la Guingette de Canastel. En 1967, Leny Escudero et Pia Colombo passent au Palais des Sports avec, en vedette américaine, le groupe oranais des Welcomes. Pour la petite histoire, Hervé Vilard se produira quelque temps plus tard dans cette salle, emmené dans un fourgon de police pour éviter l'émeute. Johnny vit la même folie lorsqu'il passe au Régent, le plus grand cinéma de la ville (mille quatre cents places), et se fait voler sa guitare par un fan indélicat. Ça ne l'empêchera pas de déchirer sa chemise noire pour la jeter au public... surchauffé par la star !

Ces années yé-yé en Algérie restent importantes pour le futur pop raï. Une grande partie de ces groupes algériens experts en rock, rhythm and blues, soul et variétés des années soixante vont jouer pour les *chebs* et *chabate*, les jeunes chanteurs et chanteuses du raï, accélérant ainsi une fusion devenue inévitable. Mohamed Maghni, ancien du groupe yé-yé des Students et compositeur de plusieurs succès raï, en témoigne : « Quand le nouveau raï est arrivé, il y avait un gros problème au niveau de la scène parce que, derrière des chebs, qui avaient souvent à peine vingt ans, on trouvait uniquement des musiciens de trente et quarante ans qui venaient, pour la plupart, des anciens groupes de rock des années soixante/soixante-dix. »

Maghni parle d'un mouvement yé-yé qui a touché une partie des villes du pays, les grandes comme les petites. Les Saldaens, les Rhythm'n'Blues Messengers à Béjaïa, les Dainns à Jijel représentaient les groupes de Kabylie. À Alger, on trouvait, entre autres, les Rocking Stars, les Goldfingers, les Friends, les Algiers'avec Rachid Bahri qui créera ensuite les Freedom, puis Life en 1971. À Relizane, un ancien des Marins, groupe de bal des années cinquante, fonde les Sailors, devenus le Baroud Raï, qui accompagne le couple de raï Fadéla-Sahraoui dès la fin des années quatre-vingt. Les Gauchers (parce que tous les musiciens étaient gauchers!) et les Titans font vibrer Mostaganem. À Tlemcen, les Caïmans partagent le haut du pavé avec les Vautours, au sein desquels le lycéen Rachid Baba-Ahmed débute avec son frère Fethi, avant de devenir au début des années quatre-vingt l'un des plus importants compositeurs et producteurs de raï. Il se fera assassiner à Oran en février 1995 par des islamistes. C'est du moins ce que dira la rumeur...

À Oran, le Marocain Vigon, rescapé du rock yé-yé de la France des années soixante, connu pour sa version de *Harlem Shuffle* – seul chanteur « français » à avoir été signé par le prestigieux label américain Atlantic –, fait danser chaque été les clients du Mon Château. Partout, les émules d'Elvis Presley, d'Otis Redding, de James Brown, des Beatles, de Johnny Hallyday ou des Chaussettes Noires animent les cabarets et boîtes de nuit le long des stations balnéaires toutes proches, de Canastel à l'est jusqu'à Bou-Sfer-Plage à l'ouest. Ces *Beach boys* oranais et autres yé-yé de la plage, souvent lycéens ou étudiants, ne se contentent plus de pâles imitations de leurs idoles. Tous passent à davantage d'adaptations, de créations et de fusions musicales, pour animer les nuits blanches des hauts lieux de la ville : la Brasserie de Paris, le Calypso, le Gymnase, le Beauséjour, le Deauville à Saint-Eugène, le Macumba, Mon Château, le Tangage, le Biarritz, le Riadh sur la Corniche, le Casino et la Guinguette à Canastel, le Méthanier Club à la Fontaine-des-Gazelles ou le Casino Plage à Port-aux-Poules. Les groupes d'Oran comme les Adams', Clarcks'(devenus New Clarcks'en 1972), la Main, El Djouhara, les Flaming Stars, les Welcomes'ou leurs éternels rivaux, les Students (sur scène jusqu'aux années quatre-vingt) y font danser la jeunesse dorée, les nouveaux riches ou encore les fonctionnaires en goguette, sur les standards des Rolling Stones, des Bee Gees ou sur les tubes de Richard Anthony. Certains d'entre eux accompagnent à l'occasion une nouvelle générations de chanteurs de raï moderne, comme l'adolescent Bouteldja Belkacem. Et des liens se tissent...

Chapitre 8

La complainte des rurbains

Dès les premières années de l'indépendance, le raï et le chant oranais en général évoquent les travers de la nouvelle Algérie. Ahmed Saber est l'un des premiers à les brocader, ce qui lui vaut quelques démêlés avec le nouveau pouvoir. Ses chansons dénoncent les détournements de fonds dans les sociétés publiques avec *El Khaïne* (le Voleur : « Un jour ton tour viendra ô voleur »), le favoritisme avec *El Khedma* (le Boulot : « Ouh Ouh le boulot s'obtient à la tête du client »). Ce même titre évoque aussi une promotion canapé très développée qui fleure bon le machisme. Saber ridiculise également les nouveaux riches, en prenant prétexte d'une histoire vécue (comme souvent dans le raï !) – une dispute avec son éditeur – dans la chanson *Biyaâ el batata* (Vendeur de patates). S'il fustige volontiers les mœurs politiques de la société algérienne, Ahmed Saber, excellent adaptateur de chansons populaires, sait faire preuve d'un conservatisme moral qui explique en grande partie son succès dans les années soixante. Au lendemain de l'indépendance, dans une société algérienne où les repères traditionnels sont bouleversés, où la libéralisation des mœurs et la liberté des femmes troublent profondément une grande partie de la population, ses chansons rassurent. « O toi qui laisses ta femme se dévergonder/Cette conduite n'est pas admise/Réveille-toi un peu toi qui es distrait/ L'honneur a un prix qu'il faut préserver », recommande Ahmed Saber sur un air de raï traditionnel.

Les années soixante et soixante-dix correspondent à une grande politique de développement pour l'Algérie. Les ruraux quittent la campagne pour de meilleurs revenus en ville. Cet apport financier va considérablement servir le marché du raï, qu'il soit traditionnel ou moderne. Toujours en prise directe avec la vie quotidienne de l'Algérie, le raï aborde en cette période d'essor de nouveaux thèmes. De grands chantiers sont lancés, comme celui du port méthanier d'Arzew, à une quarantaine de kilomètres à l'est d'Oran. La sulfureuse Cheikha Rimitti s'en inspire pour écrire la chanson *La Camel* (du nom de la société franco-algérienne qui le construit). Ce titre parle des ouvriers qui dépensent leur salaire en boissons interdites par l'islam et en relations sexuelles tout aussi réprimandées par la même religion... Khaled reprendra cette chanson en 1987 dans son premier album enregistré en France, *Kutché*.

C'est à cette époque qu'apparaît toute une génération de chanteurs adulés par les nouveaux citadins : Senhadji, Boutaïba Saïdi, Cheikh Kaïfouh, Ourad Boumediene ou Mohamed Belkhayati, un artiste pour le moins prolifique puisqu'il enregistre jusqu'à quinze cassettes par semaine, soit la bagatelle d'environ quatre-vingt-dix chansons ! De leur côté, les chanteuses s'appellent Cheikha Rahma, Cheikha el Abbassia, Cheikha Bakhta ou Cheikha el Aâmia (l'Aveugle). Mais c'est la très inspirée et très scandaleuse Cheikha Rimitti qui règne en diva sur tout ce beau monde du raï, toutes versions confondues... L'arrivée d'un nouveau prodige, Bouteldja Belkacem, va déclencher ses foudres.

En 1985 à Oran, Bouteldja Belkacem est classé par le jury du premier festival du raï en tête des chanteurs professionnels – devant Khaled. Mais tout le monde sait que cette récompense vise moins la popularité du Bouteldja de 1985 que son long parcours de légende vivante d'un raï voguant, sur le fil du rasoir, entre chant scandaleux et noble poésie bédouine. À trente-quatre ans, Belkacem, appelé Kacimo par ses fans, affiche en effet déjà une carrière à succès qui dure depuis une bonne vingtaine d'années. Bouteldja est né en 1950 à El Hamri (ex-Lamur), un faubourg populeux d'Oran, haut lieu de la résistance anticoloniale en son temps, réputé depuis pour sa violence. Ce quartier reste l'un des premiers fiefs de l'exode rural succédant à l'indépendance. C'est dans ce bastion populaire que commence la carrière de Bouteldja en 1964. Le jeune chanteur n'a alors que quatorze ans. On le surnomme « le Joselito à la voix d'or », pour son timbre de voix très androgyne qui évoque un autre chanteur adolescent, espagnol, lui, popularisé par le cinéma et la télévision. Dès ses débuts, Bouteldja interprète le répertoire féminin des cheikhate et autres meddahate, reprenant des chants comme *Sid el hakem* ou *Gatlak Zizia*, tout en chantant les textes bédouins. Son inspiration le porte à des improvisations ironiques telles que « la vague fait de l'écume/Et les gens croient que c'est de la bière » et à des chansons sur la vie désarticulée des petites gens d'origine rurale, un milieu qu'il connaît bien. Bouteldja est aussi célèbre grâce à *Ya Milouda* (Ô Milouda), créé par Cheikh Enmes, flûtiste reconnu et ancien accompagnateur (ainsi que compagnon tout court) de Cheikha Rimitti. *Ya Milouda* est une chronique acerbe mettant en scène une mère célibataire qui a égaré son jeune fils entre beuveries et amours illégitimes : « Ô Milouda où étais-tu/Dis moi où as-tu laissé l'enfant/Ma bien-aimée que t'est-il arrivé/Comment as-tu fait pour oublier Saïd/Ô Milouda comment as-tu fait pour oublier ton pauvre fils/Le vin a emporté ton esprit et le whisky t'est devenu si doux. » Dans la même veine réaliste, Bouteldja signe avec *Serbili Baoui* (Sers-moi mon BAO, abréviation de Brasserie Algérienne d'Oran, et nom d'une bière très bon marché) une chanson exemplaire de ce spleen de l'impasse que systématisera quelques années plus tard le pop raï : « Garçon noie mon verre/Je veux me soûler et tomber dans les rues/Sers-moi mon BAO/Je veux boire la boisson qui me fera mal/Sers-moi à boire/J'ai dépensé l'argent de la mensualité/Ceci n'est pas ma volonté mais la cause des racontars qui poignardent/Je traîne et pleure et fais pleurer ma bien-aimée. »

Tous ces titres sont de véritables tubes qui imposent Bouteldja comme une énorme star. Hélas, le chanteur connaît progressivement les mêmes déboires que son homologue espagnol Joselito, héros juvénile de mélos corridas chantés : le temps fait son ouvrage, faisant muer sa voix et inexorablement décliner sa carrière de jeune premier.

Au début des années soixante-dix, Bouteldja s'associe avec le trompettiste Bellemou pour animer les chaudes nuits de la Corniche oranaise, notamment au cabaret le Biarritz. Né en 1947 à Aïn Témouchent, à quatre-vingts kilomètres à l'ouest d'Oran, Messaoud Bellemou adapte le rythme de la flûte rurale à la trompette. Il en fait le nouveau son du raï et engage dans son groupe, outre Bouteldja, des chanteurs comme Benfissa, Boutaïba Sghir et plus tard Gana el Maghnaoui. À cette époque, Bellemou, Bouteldja, Benfissa ou Boutaïba Sghir représentent les derniers précurseurs du raï moderne, celui qui partira à l'assaut du monde et que ses acteurs vont nommer dans un premier temps le pop raï.

Chapitre 9

Les héros du pop raï

Cheb Khaled, Cheb Sahraoui, Chaba Fadéla, Cheb Hamid, Cheb Mami, Houari Benchenet, Kouider Bensaïd... Ils sont juste une poignée au tournant des années soixante-dix et quatre-vingt et provoquent déjà un immense choc dans tout le pays. Tous viennent d'Oran, sauf Mami, qui est de Saïda, la ville des hauts plateaux. Ils chantent ce qu'ils entendaient enfants de la bouche des meddahate, quand ils accompagnaient leurs mères dans les fêtes familiales. Ils reprennent les improvisations hardies des cheikhs et cheikhate, déclamées sur des rythmes de percussions et de flûtes sans âge. Ils adaptent au langage de leur génération les états d'âme des interprètes du raï rurbain. Et ils le font avec les instruments de leur époque : des synthétiseurs plus ou moins bien maîtrisés, des guitares électriques et des grosses batteries. Tout leur secret est là ! En quelques années, ils vont déchaîner l'ensemble de la jeunesse du pays.

Leurs cassettes vite enregistrées, vite publiées, portent la mention pop raï. Leurs producteurs, éditeurs, comme on dit dans leur milieu, tiennent à montrer qu'il s'agit d'une nouvelle musique d'un genre moderne, calquée sur les groupes occidentaux. D'une musique différente de tous les raïs qui l'ont précédée. Ces mêmes éditeurs ont ajouté sur les jaquettes des cassettes les mots cheb (jeune au masculin) ou chaba (jeune au féminin) avant les prénoms de leurs artistes. Ces dénominatifs de cheb et chaba constituent un vrai clin d'œil : ils sont empruntés au langage arabe caricatural des émissions de variétés télévisées (à la télé, tout jeune chanteur ou chanteuse est automatiquement présenté comme ça !). Ça sonne jeune. Ça sonne branché ! Et en plus, ce label distingue nettement cette nouvelle génération des cheikh et cheikhate, maîtres de la tradition. Place aux modernes !

Oran digère encore la surprise du premier festival de raï qui se tient dans la ville en 1985 quand, en janvier 1986, la France accueille pour la première fois les premiers représentants de ce mouvement musical et social à la sulfureuse réputation. Le festival de raï de Bobigny, au nord de Paris, affiche, quatre mois après celui d'Oran, Cheb Khaled, Chaba Fadéla, Cheb Sahraoui, Cheb Hamid et leur cadet Cheb Mami. Il ne manque que Houari Benchenet, le plus sérieux rival de Cheb Khaled durant les années quatre-vingt. Le chanteur fait bande à part et refuse le terme de cheb parce qu'il lui rappelle trop ce « raï des bas-fonds » tant décrié.

Né en 1960 à Oran, Benchenet, après des études de construction mécanique, débute dans le raï dès 1975 et se fait remarquer par Belkacem Bouteldja. Les deux hommes sont natifs du même quartier, El Hamri. « Je l'ai connu vers 1977-1978 dans les fêtes de mariage. Il jouait de l'orgue et possédait une belle voix. Je l'ai plusieurs fois laissé chanter à ma place », se souvient Bouteldja, client assidu du Corona, un bar lieu de rendez-vous des vedettes du raï des années soixante et du début des années soixante-dix. Situé sur le Plateau-Saint-Michel, le Corona est une véritable attraction pour les enfants de ce quartier populaire, qui rôdent autour de l'établissement pour tenter d'y reconnaître leurs idoles. Quelques futures stars du raï émergeront de ces jeunes admirateurs. C'est le cas de Houari Benchenet. Dès le début de sa carrière, Benchenet tient à perpétuer le chant d'une « oranité » plus ancienne et plus citadine à ses yeux que celle des chebs. Il se façonne un style de raï très personnel, où les textes sont davantage construits et moins « vulgaires » que les improvisations de ses homologues chebs. Avant de s'installer à Paris en 1996, Houari Benchenet a été très souvent programmé par les clubs et cabarets de la côte algéroise.

Né en 1961 à Oran, Cheb Sahraoui a aussi fait partie du lot des jeunes admirateurs des gloires du raï fréquentant le Corona. Futur mari de Chaba Fadéla (ils ont divorcé à la fin des années quatre-vingt-dix), Mohamed Sahraoui est de tous les chanteurs de pop raï le seul à avoir suivi pendant quelques années les cours du Conservatoire municipal d'Oran et effectué une scolarité jusqu'en terminale au lycée technique des Palmiers d'Oran. Une voix voilée, le sens de la mélodie et une sérénité à toute épreuve placent vite Sahraoui parmi les plus célèbres chanteurs du renouveau raï.

Cheb Hamid, lui, possède une voix reconnaissable entre toutes. Ses langoureuses mélopées flamenco séduisent l'auditoire féminin, dont il est l'un des chanteurs préférés (notamment avec *Khadidja*, un de ses tubes). Né en 1960 à Oran, Cheb Hamid est d'abord un admirateur de chanteurs tels que Benfissa et surtout Boutaïba Sghir, qu'il imite avant de l'accompagner à la guitare. Amateur de flamenco, Hamid se lance définitivement dans la chanson au début des années quatre-vingt avec deux succès, *Maândiche m'aa* (Je n'ai plus de mère) et *El Marsam*, le vieux standard de Cheikh Er-Rouge. Technicien dans un hôpital près d'Oran, Cheb Hamid ne s'est pourtant jamais complètement investi dans le raï. « Avec mon travail, je ne pouvais pas m'occuper vraiment du raï », commente-t-il. C'est ce qui explique qu'il ait progressivement disparu du haut de l'affiche de la nouvelle vague oranaise et qu'il mène aujourd'hui une vie difficile à Marseille, alors que le raï sillonne la planète.

Chapitre 10

Que disent-ils ?

Les paroles des chansons de raï ressemblent à un inventaire hyperréaliste. Les mots taxi, bar, porte, plage, verre, champ, téléphone, gare, papiers, table, médicaments... désignent les lieux et les objets que chante le raï pour transmettre ses états d'âme, passion, tourment, folie, malchance, souffrance, amour, haine, sommeil, confiance, trahison... L'action fait le reste : servir, emmener, oublier, prendre, donner, démarrer, boire, partir, perdre, brûler... Mixez le tout et servez chaud : le raï est prêt !

« Ô taximan amène-moi voir mon amour/La brune s'est fâchée et la blonde je ne sais pas ce qui lui arrive/Les deux sont amoureuses mais laquelle est ma bien-aimée », chante Houari Benchenet dans *Ya Moul taxi* (Ô Taximan). Ce chauffeur de taxi qui conduit l'amoureux vers l'objet du désir est souvent un confident plus ou moins volontaire dans la relation amoureuse, au sein d'un pays où l'anonymat reste illusoire : « Allez démarre allez démarre/ Démarre allons à la plage/Ce qui te préoccupe me préoccupe/ Ce qui te fait mal me fait mal », confie Cheb Mami.

Dans *Ya Moul el bar* (Ô Barman), Cheb Zahouani, qui s'est fait connaître au printemps 1988 avec ce tube énorme, implore : « Sers-moi encore barman sers-moi encore/Ma gazelle s'est attardée/Mon cœur s'impatiente pour ma passion/Amène une bouteille et un verre/Je ne veux plus de bière/Amène le whisky/Séparé de ma passion je suis usé par la boisson/Qu'elle m'écœure et me fasse oublier mes tourments. » Zahouani évoque un thème ultra fréquent dans le raï, boire pour noyer les tourments de la séparation, et résume des tranches de vie quasi quotidiennes où les amoureux ont des problèmes sans fin pour se voir régulièrement et encore plus de tracas pour être seuls. « Quand tu es amoureux, tout t'inspire, y compris un lapin que te pose une fille. On dînait entre copains au restaurant ; mon frère attendait sa copine qui ne venait pas. Il écrivit aussitôt *Tout le monde est là* (en français) *sauf ma chérie qui ne vient pas*. La chanson fut un succès quand je l'ai interprétée en 1991 », raconte Cheb Hasni.

Quand on n'arrive pas à voir l'objet aimé, il reste le téléphone pour ne pas rompre le fil, comme le chante Cheb Fethi dans... *Téléphone* (en français) : « Combien de fois je me suis plaint à toi au téléphone et j'ai pleuré/Je t'ai demandé de venir que nous passions une heure tranquille/À combien de rendez-vous je suis venu et me suis usé à attendre/ Cela fait un an que je te cours derrière/Que crains-tu pour continuer à me fatiguer ainsi. »

Dans *Baraka* (La Baraque), Chaba Zahouania clame : « Laissez-moi mes problèmes/Moi je n'en peux plus/Cette nuit son sommeil se fera chez moi/Cette nuit on n'en finira pas. » La nuit, dans le raï, ne s'accommode plus du sommeil, *ennoum*, en arabe, qui n'est plus désigné que par ses autres déclinaisons : se coucher, s'allonger, passer la nuit et... veiller. Enfin, la soirée combine souvent amour et alcool. « Si elle se mêle à tout le monde/Elle veillera enivrée/La fille commence maintenant à veiller et à fumer des braises/Les filles sont excitées/Elles découvrent la liberté/

Et croient que tout est permis... », prévient Cheb Mami dans un de ses tubes, *Lebnat hajou* (Les Filles sont excitées).

Reste ce sacré visa que chantait Cheb Hasni en 1992, année de sa consécration comme premier chanteur du Maghreb, dans *Nchouf laziza* (Voir ma chérie), mais que le monde appelle *el Visa*, une chanson devenue prémonitoire : « Quand j'ai décidé d'aller voir l'adorée/Vous me bloquez au visa/Vous avez décidé de me tuer/Vous me poussez à boire et à faire des bêtises/J'ai le passeport mais partir n'est pas possible/Par Dieu j'ai envie de voir ma chérie/Pour une heure seulement que je me libère de mon angoisse/Donnez-moi le visa je suis en manque de celle que je chéris. »

Le raï constitue donc un journal intime, une tribune pour répondre aux détracteurs, un courrier du cœur, un dialogue ininterrompu avec les problèmes quotidiens. Pour avoir goûté aux nuits glacées derrière les barreaux, le jeune Khaled, dans l'une de ses premières chansons, *Kesra el berda* (le Pain rassis), évoquera cette expérience pénible : « Ô mes amis mon corps est endolori/À force de dormir sur le ciment glacé/Par ma mère où suis-je/Où sont mes bonnes actions. » Chaba Zohra, elle, chante ceux qui ont réussi à obtenir ce sacré visa avec *Seknète Marseille* (Elle s'installe à Marseille), la chanson qui l'a fait connaître, en 1989, chez les Algériens des deux côtés de la Méditerranée : « La folle elle s'installe à Marseille/Ma cousine habite Marseille/Ô mon raï j'ai fait ce que je devais faire/Pour le reste à toi de te débrouiller/La délurée s'installe à Marseille/Ô mon raï une caisse (de bière) bouscule l'autre/Je suis sur la route du bord de mer/Ma cousine s'est faite à l'exil. »

Directement ou implicitement, le raï installe toujours une connivence avec son auditeur dont il traduit finalement les attentes et les états d'âme. L'essentiel dans le raï réside avant toute chose dans la création d'une atmosphère de fusion, de libération du cœur et des corps, une communion qui passe par le partage des plaisirs.

Cette attitude influence profondément la façon d'interpréter un morceau et développe un esprit d'improvisation. Une chanson de raï n'est jamais reprise de la même manière. Selon les circonstances et les publics, les paroles changent, sont étendues ou raccourcies, jouées rapidement ou plus lentement. Les interprètes de raï entretiennent cet esprit de performance moins par choix volontaire que parce qu'ils restent encore très attachés à leur relation avec leur auditoire, comme le souligne l'un des meilleurs connaisseurs des chanteurs de ce milieu, Mohamed Maghni, compositeur très couru dans les années quatre-vingt : « Les vrais chebs vivent dans la performance, comme un joueur de football sur le terrain. Ils ne peuvent pas chanter par calcul. Pour que ça soit bon, il faut que le corps y soit, parce que chanter constitue pour eux toujours un examen. »

Chapitre 11

Bricolage, plagiat et piratage

Dès l'indépendance, les firmes discographiques européennes se retirent d'un seul coup du pays, bradant leurs stocks d'enregistrements à leurs anciens directeurs artistiques maghrébins. Ces derniers se mettent aussitôt à créer des maisons de production, en y rattachant souvent leurs propres magasins de diffusion. D'autres, ne connaissant rien au métier, débarquent sur le créneau avec des méthodes de gestion tenant plus de l'épicerie que de la promotion artistique. Les piratages et les fausses déclarations au fisc vont aller bon train. Les chanteurs et compositeurs bien établis (pour la plupart depuis l'époque coloniale) connaissent déjà la chanson et savent négocier et gérer leurs droits d'auteur. Les nouveaux venus, en revanche, ignorent tout du business... Le raï, pour eux, va souvent ressembler à une gigantesque foire d'empoigne, où ils se feront régulièrement rouler.

L'un des précurseurs de la chanson raï, « Joselito » Belkacem Bouteldja, fut largement exploité par des éditeurs peu scrupuleux. Au bout d'une dizaine d'années d'une très grande popularité, il se retrouva même pratiquement sur la paille, malgré son immense succès. Des années plus tard, il témoigne : « Quand j'ai commencé avec Brahim, des éditions El Feth, mon premier éditeur dans les années soixante, je touchais pour un quarante-cinq tours une somme forfaitaire de 2500 dinars de l'époque (somme assez importante correspondant à plus de dix fois le salaire mensuel moyen). Je prenais mes 2 500 dinars et "salut et au revoir !". Il a gagné de l'argent avec moi, comme avec feu Ahmed Saber et Rimitti. Surtout avec moi, il a fait un argent fou, avec mes succès *Zizya*, *La haoulouni*, *Sid el Hakem*, *Serbi li baoui, Milouda*, *Ya Raï*... Mais j'ai continué à travailler avec lui. Mon père, que Dieu ait son âme, avait signé avec lui un contrat, jusqu'à ma majorité, vingt et un ans à l'époque. En 1968, le producteur a quitté l'Algérie pour Paris, où il a créé une autre maison de disques qu'il a appelée le Chant d'Or. Et comme j'avais un contrat avec lui jusqu'à mes vingt et un ans, je devais continuer à enregistrer pour lui. Il m'a fait venir à Paris pour cela. Il me donnait un peu d'argent et le reste, il le versait en dinars à mon père en Algérie. À l'époque, j'étais jeune et naïf. »

La fin des années soixante-dix voit le fantastique développement de la cassette audio, qui devient le support principal de la musique enregistrée. Au début des années quatre-vingt, on vend en Algérie un disque pour plus de deux millions et demi de cassettes !

Ce mode de diffusion de la chanson raï pose évidemment des problèmes de droits d'auteur. Devant le développement extrêmement lucratif du marché de la cassette, au cours des années quatre-vingt, les autorités tentent de réglementer le secteur et de protéger les créateurs. L'Office National du Droit d'Auteur (ONDA) impose un système de taxation sous forme de timbres collés sur la boîte de la cassette, pour contrôler l'éditeur, qui jusque-là déclarait un nombre de cassettes largement en dessous de ce qu'il écoulait réellement ! On verra alors beaucoup d'éditeurs signer les paroles ou la musique des chansons, parfois même les deux, afin de rattraper en droits d'auteur les contributions qu'ils versent... justement au titre des droits d'auteur !

Le raï constitue pour certains un marché très juteux. Éditer dans ce contexte assez frénétique ne revient plus simplement à produire : il faut anticiper sur des modes qui vont très vite, quand ça n'est pas sur des pratiques saisonnières : « L'été 1988, Zahouania a enregistré une cassette. L'éditeur avait placé comme premier titre une chanson très érotique, *Ya touil el mazrag*, mais c'est la deuxième qui a marché en devenant le titre raï de l'été, *Ghir Hbibi ouana.* C'est dû au fait que le raï, on l'écoute beaucoup dans les mariages en été, c'est-à-dire en famille. Et les chansons très hard comme *Moul el Bar* ou *El Barraka* s'écoutent plutôt l'hiver. Ce qui a fait leur succès, ce sont les bars et les cabarets. »

Pendant longtemps, l'une des caractéristiques essentielles de la chanson raï fut le peu de crédit et d'intérêt accordé à la propriété intellectuelle et artistique. Conçue comme une transaction (une forme de troc) basée sur l'échange d'une série de chansons contre une somme forfaitaire variable selon la notoriété de l'interprète, le produit raï se conçoit à la manière d'une marchandise éphémère, répondant à une demande conjoncturelle. L'importance de l'improvisation, le statut d'amateur des interprètes et des arrangeurs, le mépris affiché quant à la qualité artistique même de l'œuvre, tout contribue à cette attitude. Le fait que les chanteurs raï et les éditeurs se situent plus généralement dans la tradition du *bédoui* n'arrange évidemment rien : dans cette culture musicale, l'essentiel est accordé à la qualité de l'interprétation d'une chanson, au détriment de ses créateurs. Du coup, peu d'auteurs contemporains du « melhûn » déclarent leurs œuvres. C'est ce qui explique que l'on trouve, dès les débuts de l'enregistrement phonographique, beaucoup d'œuvres identiques chantées par des interprètes différents.

Outre cette appropriation généralisée des textes et souvent des mélodies, une pratique courante des chanteurs consiste à enregistrer les mêmes morceaux pour plusieurs éditeurs. C'est ainsi que, durant les années quatre-vingt, en pleine explosion raï, les éditeurs se multiplient dans tout le Maghreb comme à Barbès, flairant la bonne affaire. Les éditeurs les plus connus (Zed el Youm, Disco Maghreb, Éditions Saint Crépain, MCPE, Rallye, etc.) tentent alors de s'attacher les services des principaux artistes de raï avec des contrats plus ou moins légaux. Ces approximations en tout genre entraîneront quelques années plus tard, avec l'accroissement du chiffre d'affaires du raï, quelques beaux imbroglios juridiques. C'est ainsi que Khaled sera poursuivi à la fin des années quatre-vingt-dix par Kadi Missoum, patron de Zed el Youm et la Voix Oranaise, pour rupture d'un contrat signé lors de sa période oranaise (et qui l'obligeait à produire à vie pour cet éditeur !).

Chapitre 12

Cheikha « Remettez ça »

« Elle dansait comme une fée. Toujours un plateau plein de verres de thé sur la tête sans qu'une goutte en débordât. Elle arrivait à se déplacer avec aisance et élégance en se faufilant sous le poitrail d'un cheval en pleine compétition de fantasia. Je me rappelle qu'elle le faisait d'une manière qui enflammait les plus coriaces parmi les paysans, au point que l'un d'entre eux tira une balle sur elle qui faillit la blesser. Elle provoquait une véritable hystérie. » Ce témoignage parle d'une Rimitti qui n'a pas encore son titre de cheikha, d'une Rimitti encore jeune danseuse dans les années trente. Née en 1923 à Tessala, village près de Sidi Bel Abbes, Cheikha Rimitti est, à elle seule, le symbole du raï, sa créatrice la plus prolifique, son incontournable égérie connue de tous les Algériens.

Sa trajectoire exemplaire résume tous les itinéraires des cheikhate. « Je suis analphabète. J'ai grandi orpheline, raconte-t-elle. Mes parents sont morts peu avant la guerre, avant que les Américains ne débarquent. On buvait le café avec du sirop, on grillait les grains de blé pour remplacer le café. On s'habillait avec des couvertures. C'était l'époque des bons d'approvisionnement. Le louis d'or coûtait seulement dix francs. On frappait aux portes pour vous en proposer. Quand la sirène sonnait, on fuyait dans les vignes, dans les trous. J'étais jeune et sans foyer. J'étais perdue. Je dormais chez des gens qui m'employaient à l'occasion. J'allais par-ci, par-là. Je rencontrais des cortèges de mariage, j'entrais avec eux, je mangeais, buvais et m'amusais. Je devenais un peu folle, je voulais chanter. Je suivais les confréries des Hamdaoua, des Aïssaoua. Je jouais avec eux du bendir pour les fêtes religieuses, les mariages. Ils me donnaient un peu d'argent. Je chante tout ce qui m'inspire. Les mots me piquent comme des abeilles. Quand je repense à mon histoire, j'ai envie de pleurer. »

À la fin des années quarante, la réputation régionale de la chanteuse n'est plus à faire lorsqu'elle elle gagne son pseudonyme de Rimitti. Ce nom est une déformation de l'expression « remettez ça », qu'elle aurait un jour lancée à une serveuse de *cantina* pour payer une tournée à des clients européens qui l'auraient reconnue. Quelques années plus tard, en 1954, Rimitti devient une star nationale avec *Cherag gataâ*, un titre que la radio coloniale passe régulièrement sur ses ondes, durant la guerre de libération. Pour la propagande de l'époque, il s'agit avant tout de s'attirer les faveurs du bled profond, cette Algérie massivement pauvre et rurale dont Rimitti dévoile l'inconscient collectif. La diva est alors partie pour une carrière fulgurante.

Dans ses chansons, ponctuées d'onomatopées brûlantes et d'halètements significatifs, sexualité et amour sont si souvent confondus que l'ambiguïté s'installe dès qu'elle fait référence à la présence d'un homme et d'une femme. Avec Rimitti, pas besoin de décodage, comme en témoigne l'une de ses plus célèbres chansons, *Touche mami touche* (en français) : « Touche chéri touche mami touche (en français)/Je te pardonne la première fois mais pas la seconde/À droite à gauche (en français)/L'amour entre les deux yeux se fait chez les gens avisés/L'amour entre les deux yeux se fait chez les connaisseurs/Un jeune homme et une jeune fille ont fait l'amour sur la plage/Me coucher seule fait mal/Ce que je veux ce que j'aime ma sœur le déteste/J'ai tenté le sort et trouvé le bonheur/Le verre (de vin) joue des tours sur le giron/Quand mon compagnon est près de moi et j'entre en possession/D'accord mais ne touche pas attention (en français)/J'aime que mon chéri me rende visite chaque après-midi/Sur la route d'El Asnam/Je suis là et toute la compagnie (en français) est venue/Jette le filet dans la mer et implore la chance/Tous se sont réjouis quand sa bien-aimée a boudé. »

Rimitti devient la chanteuse la plus demandée pour animer les fêtes de mariage en Algérie. Lors de ces cérémonies, elle chante entourée de ses deux fidèles flûtistes (El-Habib et El-Mnaouer, aujourd'hui disparus), pendant qu'une danseuse aguiche l'auditoire mâle tout proche. Les femmes, en retrait, marquent de leurs you you les dédicaces et surenchères que se renvoient les spectateurs à coups de billets de banque remis au *berrah*, l'animateur de la soirée, chargé de grossir la liste de mariage et le cachet des artistes. Et à ce petit jeu, Rimitti fait des miracles !

Installée depuis la fin des années soixante-dix en France, Rimitti a longtemps continué à être la vedette des fêtes de mariage, de circoncision et la star des cafés maghrébins comme ceux du XVIIIe arrondissement de Paris (les bistrots de la rue d'Aubervilliers et du quartier de la Goutte-d'Or, le Béjaïa Club du boulevard de la Chapelle), du IIIe arrondissement de Lyon ou ceux de la Porte d'Aix et du cours Belzunce à deux pas de la Canebière à Marseille. Désormais reconnue en Europe grâce au raï électrique qui l'a tant pillée, elle se produit essentiellement dans les festivals.

Chapitre 13

Le feu de Fadéla

Le dramaturge oranais Abdelkader Alloula, assassiné dans sa ville en mars 1994, l'avait surnommée « Rimitti Sghira », la Petite Rimitti, à cause de sa voix étonnante. L'homme de théâtre avait remarqué Fadéla écolière, chantant dans la rue du théâtre régional qu'il dirigeait, et où le frère et la sœur de l'apprentie chanteuse jouaient la comédie. Cette jeune chanteuse va mettre en 1979 le feu à toute la jeunesse d'Algérie avec son slogan *Ana ma h'lali ennoum* (Moi je n'apprécie plus le sommeil). Née en 1962 à Sig et élevée à Oran, Chaba Fadéla Zelmat avait alors dix-sept ans.

Fadéla monte d'abord sur les planches pour jouer le rôle du Soleil dans une comédie musicale pour enfants, *El B'hira* (Le Jardin), où elle interprète deux chansons. « Dès que j'arrivais chez moi, je balançais mon cartable d'écolière et courais chanter dehors. À l'époque, beaucoup de chanteurs marocains passaient au théâtre comme les Nass el Ghiwan, les Jil Jilala et Hamid Zahir. Au cours des répétitions, je me mêlais à eux pour chanter, quand je ne le faisais pas dans la rue », se souvient Fadéla.

Recommandée par Abdelkader Alloula, Fadéla, encore adolescente, joue en 1976 dans *Djalti* (Le Gaucher), un téléfilm à succès de Mohamed Ifticène. Cette fiction met en scène les aventures d'une bande de jeunes délinquants. Fadéla s'y taille une réputation qui la suivra longtemps : « Dans le film, on me voyait en minijupe, en bikini, boire, fumer, voler, dit-elle. C'est la seule image que beaucoup ont gardée de moi. » Et les choses vont vite : « On confondait mon rôle avec ma vie. Il y a eu plein de racontars. Les gens m'identifiaient à mes chansons. Les rumeurs disaient que je faisais vivre mes nombreux frères et sœurs, en laissant deviner de quelle manière. Alors que nous sommes deux garçons et trois filles et que je suis la plus jeune. »

Cela n'empêchera pas Fadéla de devenir choriste du licencieux Boutaïba Sghir, le temps d'une dizaine de quarante-cinq tours, dont le tube *Raba raba*, *Khâli ya khâli* (Mon oncle ô mon oncle, maternel), ni d'accompagner dans une cassette le timbre calciné de Cheikha Djénia, star du raï traditionnel.

Les échos de sa voix voluptueuse attirent les éditeurs de musique, qui viennent frapper à la porte familiale. « Ils ne pensaient plus aux disques. Ils ne voulaient que des cassettes. Ainsi avec *Ana ma h'lali ennoum,* le pop raï est devenu connu dans tout le pays alors qu'avant il se limitait à l'Ouest algérien », raconte Chaba Fadéla. Les cabarets de la côte oranaise s'arrachent cette nouvelle star encore adolescente, connue dans toute l'Algérie bien qu'ignorée par les médias (à l'époque appartenant tous à l'État). Le public n'a pas oublié son rôle de petite délinquante dans le téléfilm *Djalti* où elle chante *Es-Sénia* (Le Plateau, pour verres de thé), un succès du groupe marocain Nass El Ghiwan.

Avant cette consécration populaire, Fadéla avait, dès 1978, rencontré dans les studios son futur mari, Mohamed Sahraoui, chanteur lui aussi. Mohamed Sahraoui joue des bongos sur le premier enregistrement de *Ana ma h'lali ennoum.* En 1983, le duo interprète *N'sel fik* (Tu m'appartiens), certainement le premier succès raï à vocation internationale. La musique est signée par Rachid Baba-Ahmed, le producteur assassiné en février 1995, personnage célèbre pour ses productions travaillées et pour son allure de guérillero latino-américain. Puis le duo se marie et Fadéla se retire de la scène : « Je me suis arrêtée parce que j'avais un bébé. Je suis revenue au raï à l'occasion du festival de Bobigny en janvier 1986. » Un retour incertain puisque, jusqu'au dernier moment, Fadéla devra attendre son passeport... Elle n'atterrira à Orly que le soir même du début du festival. « Pour Bobigny, je n'ai pas eu le temps de répéter, mais j'étais à l'aise », dira simplement la première chanteuse à interpréter sur un rythme électrique les improvisations de ses aînées, ces vers hachés pleins de poésie populaire : « Tant pis pour moi je passe mon temps à réconcilier/Ô nuit brûlure je n'ai pas trouvé de plaisir dans le sommeil/Il a pris un avocat je n'ai pas de chance/Mon frère est brun, aux cheveux noirs/Tant pis pour moi je souffre/Ô ma brûlure je n'ai pas trouvé de plaisir dans le sommeil/Celui qui aime et persiste que Dieu soit miséricordieux avec ses parents/Celui qui aime et se détourne que Dieu maudisse ses parents/Elle a maquillé ses yeux et j'ai voulu être son amoureux. »

Au lendemain de l'assassinat de leur ami Cheb Hasni en septembre 1994, le couple Fadéla-Sahraoui se réfugie en France. Désormais divorcés, ils font la navette entre les scènes des deux rives de la Méditerranée, menant avec plus ou moins de bonheur des carrières parallèles.

Chapitre 14

De Cheb Khaled à Khaled

En août 1985, au Théâtre de Verdure d'Oran, personne n'est dupe. Tout le monde vient acclamer Cheb Khaled, le roi du raï, et sacrer un genre qui s'est imposé sur toutes les autres musiques d'Algérie, sans l'aide des médias du pays. Ce jour-là, Cheb Khaled devient l'homme le plus populaire d'Algérie, surpassant la célébrité (pourtant énorme) des stars algériennes du football.

Khaled Hadj-Brahim, fils d'une famille très modeste où l'on compte cinq enfants, est né à Sidi-el-Houari, quartier historique, portuaire et anciennement hispanique d'Oran. « Je suis né le 29 février 1960, mais cela ne m'empêche pas de fêter mon anniversaire chaque année, dit-il. J'ai d'abord vécu aux Planteurs jusqu'en 1966, puis à Eckmühl, où mon père travaillait au grand garage de la police d'Oran. Dans ma famille, il y avait seulement un oncle paternel qui jouait de l'accordéon. Moi, j'ai joué de tout ce qui me passait entre les mains. »

Adolescent, Khaled baigne, comme la quasi-majorité de la jeunesse de l'Ouest algérien, dans l'ambiance fiévreuse de la musique marocaine. Au croisement des années soixante/soixante-dix, deux jeunes groupes de Casablanca et de Marrakech dominent la musique dans une bonne partie du Maghreb et parmi les immigrés en Europe. Nass el Ghiwan et Jil Jilala, sortes de Beatles et de Rolling Stones du Maghreb (au moins en matière d'audience), imposent pendant une dizaine d'années un style aux racines négro-arabo-berbères riche en fusions. Leur succès est tel que l'on dit qu'il y aurait eu à l'époque plus de trois mille groupes au Maghreb imitant avec plus ou moins de bonheur les Nass el Ghiwan et Jil Jilala ! « On était fou de musique marocaine. *Brahim El-Alami*, je le chantais enfant. J'avais monté avec quatre copains un groupe, Noujoum el Khams (Les Cinq Étoiles), copié sur les groupes marocains comme les Nass el Ghiwan et Jil Jilala. Dans les fêtes de mariage, nous jouions la musique marocaine, et tard dans la soirée, quand il ne restait plus que les intimes, on se mettait au raï. Notre groupe s'est disloqué en 1975, lors des expulsions des Marocains d'Algérie », raconte Cheb Khaled à propos d'une époque où il doit encore concilier musique et scolarité.

Trouvant le chemin du lycée trop ardu, l'élève Khaled Hadj-Brahim improvise *Trig el lici* (La Route du lycée). Il en fait son premier quarante-cinq tours, enregistré en 1974 sur un magnéto de marque Grundig deux pistes acheté 100 dinars (100 francs à l'époque). « J'avais tout fait, mécanique, électricité auto, cordonnerie, plomberie, bijouterie... Mes parents étaient constamment sur mon dos, alors j'ai appris la dactylo en arabe dans une école de formation des anciens moudjahidine (combattants) pour les calmer un peu. Tous les matins, en classe, les machines tapaient dans ma tête. J'ai fait six quarante-cinq tours pour chasser ce bruit. Mais le quarante-cinq tours commençait à disparaître. En 1978, c'était fini. À dix-huit ans, je ne faisais plus que des cassettes », raconte Cheb Khaled, pour qui le raï est alors un mode de vie. « Le raï n'est pas de la poésie, c'est de la critique, dit-il. Le raï parle directement des gens. Il dit ce qui se passe. Ce que je chante, je l'ai vécu ou connu dans la vie des gens. Ma chanson, *Cima el berda* (Le ciment froid, allusion au sol des cellules), m'est venue parce que j'avais fait un peu de prison. Le raï, c'est notre génération. Dès que j'ai connu cet art, je n'ai plus couché chez moi. J'étais devenu une sorte de SDF. Je ne sais plus le nombre de concerts que j'ai faits. Mais je sais que le raï, c'est comme la gale, ça démange de partout. »

En 1987, l'année où il s'installe en France, Cheb Khaled signe, avec le compositeur algérien jazzy Safy Boutella, son premier album, *Kutché*. Le début d'une carrière exemplaire. « Je ne vais pas rester jeune toute ma vie », lâche Khaled pour expliquer son abandon du préfixe Cheb, jeune, en 1992, alors qu'âgé de trente-deux ans il sort *Khaled*, l'album qui contient son tube *Didi,* une rengaine qui, avec *Aïcha* qu'il signe avec Jean-Jacques Goldman, lui ouvre la voie de la consécration internationale.

Chapitre 15

Cheb Mami

C'est par un scandale que Cheb Mami est vene au raï. En 1982, il est sélectionné pour participer à la finale du concours de la très populaire émission télévisée *Alhane wa Chabab* (Mélodies et Jeunesse), qui se déroule en public et découvre régulièrement de nouveaux talents. Mami interprète *Ya del marsam*, texte emblématique de la chanson oranaise. Le jury du télé-crochet national, préférant une pâle imitation de la musique du Caire, ne lui attribue que le second prix, ce qui déclenche les huées d'un public pour qui il n'y a pas photo. Cheb Mami gagne ce soir-là... un accordéon. Mais dans les jours qui suivent, les producteurs de raï d'Oran, qui ont eux aussi remarqué la voix claire de ce talentueux adolescent de quatorze ans, lui font enregistrer ses premières cassettes. L'aventure commence...

Mami, de son vrai nom Mohamed Khelifati, est né en 1966 à Graba-el-Oued, le quartier le plus pauvre de Saïda, ville des hauts plateaux à deux cents kilomètres de la capitale de l'Ouest algérien. Exilé à Oran, il anime les nuits de quelques cabarets de la côte, notamment la Dechra, au complexe balnéaire des Andalouses, la plage la plus courue de la Corniche oranaise. Son adolescence ingénue, ses chants moins crus que ceux de ses aînés font de Mami l'idole du jeune public féminin. Benjamin des vedettes du pop raï, Cheb Mami est le premier chanteur de cette nouvelle vague à s'installer dès 1985 en France, où il enregistre le premier disque de pop raï réalisé hors d'Algérie. Depuis, ce grand artiste a tout doucement tracé son sillon pour devenir aujourd'hui, dans le monde entier, le chanteur de raï le plus connu après Khaled. Il sera le premier, en mai 1989, à faire vibrer l'Olympia sur les rythmes du raï. Trois mois plus tard, c'est encore lui qui donnera le premier concert de raï aux États-Unis, au Sound of Brazil de New York. Son disque *Let Me Raï* (Totem), en 1990, reste pour la postérité la première œuvre raï jamais enregistrée outre-Atlantique, dans cette Amérique à laquelle n'avaient jamais osé rêver les chebs et chabate algériens.

Chapitre 16

La Diablesse et la Joyeuse

Dans le raï traditionnel, la seule chanteuse qui ait su se faire une renommée approchant celle de Rimitti reste Cheikha Djénia (féminin de djinn, diablesse, démon).

Sa célébrité remonte au début des années soixante-dix. Chanteuse envoûtante et prolifique, Djénia, née Fathma Mébarki en 1954, près de Saïda, réalise son premier enregistrement en 1970 pour l'éditeur Hadj Mazou qui, captivé, lui dit : « Tu es une diablesse. » Un compliment pour cette voix rude aux intonations peu équivoques.

« Très jeune, je reprenais Cheikha Rimitti. Cheikh Ba Aïssa, célébrité dans la région de Saïda, m'encourageait », se souvient la Cheikha, qui dut longtemps chanter en se cachant de sa famille. Adolescente, elle raffole de la musique égyptienne des Farid el Atrache et Oum Kalsoum, ainsi que de la musique saharienne de l'Algérien Khélifi Ahmed. Mais c'est le blues oranais avec percussions et flûtes traditionnelles qu'elle finit par choisir comme son mode d'expression favori. C'est aussi dans ce milieu musical qu'elle rencontre son futur mari, Zouaoui Kis-Khennous, *berrah,* dédicaceur de son état, parolier ex-professeur de mathématiques dans un lycée et ancien greffier au tribunal d'Oran.

Comme Cheikha Rimitti, Cheikha Djénia « inspirera » plus d'un cheb. « La plupart des chebs piquent mes chansons traditionnelles, affirme-t-elle. Je ne peux pas tous les poursuivre. Mais je me dis que je suis une terre qui donne de bonnes récoltes. Je travaille mes textes avec mon mari. Parfois, il écrit entièrement mes chansons. Mon raï est une lumière de Dieu. Je chante la souffrance, la vie pénible. Je touche les gens. Je mets le doigt sur leur douleur. Beaucoup me demandent : "Que Dieu bénisse tes parents, mais qui es-tu, diablesse ou devineresse ? Ce que tu chantes, nous le vivons dans nos foyers, dans la rue..." Mon public se compose d'hommes, de femmes, de vieux, de jeunes. » Khaled dit de Djénia : « Quand elle chante, je revois tout, le raï depuis les débuts, depuis l'enfance, des couleurs, des odeurs... »

En 1984, Djénia négocie sans la moindre difficulté l'avènement du raï digital avec le succès *Chkoun dek tesker fi Canastel ?* (Qui t'a poussé à te soûler à Canastel ?). Mais c'est à la fin 1987 qu'elle s'impose parmi les vedettes du nouveau raï en chantant en duo avec Cheb Abdelhak un tube foudroyant, *Rah igaber* (Il est en train de draguer) : « Ha no no/J'aime les baisers dans le cou/Qui descendent jusque dans la poitrine/Il enlace et embrasse/Ô mon raï/Il drague et fout la pagaille. »

Quelques mois après le premier festival français (et international) de raï à Bobigny, en janvier 1986, le grand public algérien et sa diaspora découvrent une voix rauque et lascive, Chaba Zahouania, littéralement la Joyeuse. Zahouania interprète alors avec Cheb Hamid une chanson au (très) léger parfum d'équivoque, *Khâli ya khâli* (Mon oncle ô mon oncle, maternel), détaillant les émois ambigus d'un oncle grisonnant pour sa jeune nièce. La chanson est le succès fracassant de l'année 1986. Depuis, Zahouania est régulièrement sollicitée par la plupart des chebs pour chanter en duo.

Née Halima Mazzi en 1959 à Médioni, faubourg populaire d'Oran, d'un père marocain et d'une mère algérienne, au sein d'une famille de dix enfants, Zahouania commence son apprentissage à quatorze ans, avec les meddahate. Elle apprend à chanter sans détour le désir délibéré de la femme pour l'homme en allant à l'encontre des convenances sociales : « Oh la la seulement mon chéri et moi/Mon chéri aux sourcils fanés vient chez moi/Si la vie le permet mon chéri viendra à la maison/Nous passerons ensemble nuit et jour/Je ne peux me passer de lui. »

Comme la plupart des chanteurs de raï, Zahouania se fait remarquer par un éditeur lors d'une fête de mariage. Pourquoi ce pseudonyme de Zahouania ? « Mon premier producteur m'a surnommée ainsi parce que j'aime rire, m'amuser et la musique. La musique, c'est ça le problème. C'est une bonne maladie », répond-elle. Chaba Zahouania installe définitivement sa renommée quand elle chante en 1987 avec un nouveau venu dans le raï, Cheb Hasni, *Baraka* (La Baraque). Et tout le monde se met soudain à parler d'une jeune chanteuse énigmatique dont personne ne voit jamais le visage : pas de photos sur les cassettes ni dans les gazettes, Zahouania entretient un climat de mystère excellent pour sa publicité. « Je voulais intriguer les gens, les laisser parler, chercher, pour savoir si j'étais petite, grande, belle, pas belle ; qu'ils me courent derrière. Chacun inventait sa vision de moi », dira-t-elle plus tard, à l'occasion de son premier concert en France, à Montreuil-sous-Bois, en 1992.

Le lendemain de l'enterrement de Cheb Hasni, Chaba

Zahouania viendra précipitamment se réfugier à Paris en évoquant par le détail les menaces pesant sur elle. Aujourd'hui, elle partage son temps entre l'Algérie et des concerts internationaux où elle est traitée comme une star.

Chapitre 17

Hasni et les sentiments

En 1994, Cheb Hasni tombe sous les balles de ses assassins devant les portes d'un lycée où il était en train de regarder sortir les jeunes filles. Le raï venait de perdre une de ses idoles.

Cheb Hasni a inventé la chanson sentimentale, ce chant qui fera définitivement pénétrer le raï dans les foyers, abolissant les frontières longtemps entretenues entre la sphère privée de la maison et celle publique de la rue. Aujourd'hui, le style de Hasni a fait école, non seulement chez son ami Cheb Nasro, mais aussi chez toute une génération d'artistes qui poursuit ce chant qui roucoule pour oublier une situation quotidienne encore plus tragique que celle qu'ont connue leurs aînés.

Hasni était devenu le plus célèbre chanteur de raï au Maghreb et chez les immigrés, une vedette encore plus grande que Khaled, à qui les puristes reprochaient son succès *Didi*, « trop international » et pas assez novateur à leurs yeux. Avant son assassinat, Hasni aurait enregistré plus de cent-cinquante cassettes (personne ne connaît le nombre exact), un record que les autres interprètes auront du mal à atteindre (et qui fera dire aux cyniques qu'entre les deux balles qui l'ont tué, il a eu le temps d'enregistrer une cassette !). Ce roi du raï sentimental (surnommé Elvis par ses fans à cause de sa tendance à prendre de l'embonpoint) s'était fait connaître en 1987 par la chanson la plus osée du nouveau raï, *Baraka* (La Baraque), qu'il avait interprétée avec Chaba Zahouania. Le duo évoquait une étreinte torride commise dans « une baraque mal foutue ». Quand Hasni déclamait : « Nous avons fait l'amour dans une baraque mal foutue/Je l'ai prise et que les autres aillent se faire foutre/La soûlerie vous donne de ces idées », Zahouania répondait : « Moi tant pis pour moi mais pas pour mes amis/Laissez-moi à mes problèmes moi je n'en peux plus/Ce soir il couchera chez moi. » Ce morceau allait vite faire scandale, des islamistes allant même jusqu'à faire baisser le volume de la sono de certains disquaires pour ne pas qu'on entende de telles choses dans la rue.

Fils d'un soudeur père de sept enfants, né le 1er février 1968 à Gambetta, faubourg populaire au nord-est d'Oran, Hasni Chekroun chantait dès l'école : « Môme, on me connaissait dans le quartier parce que j'avais toujours le gosier déployé, le cartable jeté au loin. J'ai joué dans un club de foot que j'ai fini par abandonner comme ma scolarité, d'ailleurs. Il n'y avait plus que le raï qui comptait pour moi. Je me suis fait remarquer dans une fête de mariage par le groupe des frères Naoui qui m'ont fait chanter au cabaret la Guinguette. » Comme pour tous les autres chanteurs de raï, la rencontre avec un producteur sera déterminante et donnera *Baraka*.

Fin des années quatre-vingt, Hasni et ses émules installent définitivement dans le paysage musical maghrébin la chanson sentimentale, ce raï love méditerranéen qui donne une autre image de la femme et des rapports du couple. Avec Hasni, les relations de couple deviennent le thème central des chansons au détriment de la famille ou du contexte social. Le raï sentimental avoue sans détour les préjugés de l'homme (jalousie, peur du qu'en-dira-t-on...). Le chant de Hasni exalte les relations de l'homme et de la femme, dans cette société pourtant fortement marquée par l'intégrisme muslman. Le raï de Hasni est un substitut à l'absence d'échanges entre hommes et femmes dans les espaces publics : « Toutes les femmes qui sont sur la terre de Dieu/Ne peuvent valoir celle que mon cœur aime/Dieu seul connaît le poids que j'ai sur le cœur/On lui a dit du mal de lui mais elle ne fait guère cas de ce que racontent des gens/Ils l'ont prévenue contre lui et lui ont dit de faire gaffe c'est un danger. » Hasni prône la solidarité des amoureux face au monde, c'est-à-dire cette société qui fait obstacle à l'amour du couple. Avec le raï sentimental, les hommes avouent soudain leurs faiblesses et leurs émois les plus tendres. Le public féminin, qui encense les thèmes du raï love, ne s'y trompe pas. Dans un univers dominé par le machisme, les chansons de Hasni évoquent les fêlures d'un monde masculin beaucoup moins rigide qu'il n'y paraît : « Allez lui dire de me pardonner c'est au-delà de ma volonté/Il faut qu'elle me comprenne/J'ai entendu des paroles qui m'ont fait mal aux tripes/Ma vie ma vie Dieu seul sait combien mon cœur te désire. »

Chapitre 18

Faudel de Mantes-la-Jolie

Vedettes nationales, célébrités locales, stars de cités ou chefs de tribus musicales, ils sont le plus souvent nés ici, en France, et incarnent aujourd'hui le raï *beur.* Ils s'appellent Faudel, Raï Kum, Seba, Sawt el Atlas, Malik, Chabab Artistes, Groupe Hami, Rani, Sidi Bémol, El Hilal, Kafia, Azdine, Nouraï, Cœur de raï, Ouled el Raï, Les Vagabonds du raï...

Le premier d'entre eux s'appelle Cheb Kader. Mais qui se souvient du petit beur d'Alsace aujourd'hui ? Né en 1966 dans une famille marocaine à Boutlélis, près d'Oran, il débarque à onze ans du côté de Mulhouse. Son père, artisan coiffeur, joue de la flûte bédouine après son travail. Alors que Cheb Mami effectue son service militaire en Algérie et que Khaled se fait encore produire selon les méthodes artisanales par des éditeurs de Barbès, Cheb Kader, dès le milieu des années quatre-vingt, est la première idole des beurs et beurettes des périphéries françaises.

Avec Cheb Kader, le raï beur exprime déjà sa différence : des paroles moins crues et des compositions musicales plus rigoureuses que celles de son aîné oranais jugé à l'époque « pas très professionnel ». Un raï nouveau qui influencera celui des « blédards », ceux qui viennent du bled, du pays, comme Khaled et Mami. Un « beuraï » symbolisé dans les dernières années du XXe siècle par l'irrésistible succès d'un jeune chanteur, le très télégénique Faudel.

Fils d'un ouvrier de l'automobile d'origine kabyle venu de Chlef et d'une femme de ménage originaire de Hennaya, gros village algérien près de la frontière marocaine, Faudel Beloua est né en 1978 dans la cité du Val-Fourré à Mantes-la-Jolie, dans la banlieue parisienne.

« Ma mère écoutait du raï et mon père Dahmane El-Harrachi (chanteur immigré de *chaâbi* algérois dont Rachid Taha a repris la chanson *Ya rayah*) que j'apprécie aussi, et les anciens chanteurs oranais Ahmed Wahby, Blaoui Houari et Cheikha Rimitti. Mon amour du raï doit me venir de ma grand-mère maternelle », raconte Faudel. Dès ses premières vacances algériennes, le jeune garçon s'initie au raï traditionnel des meddahate, ces femmes musiciennes traditionnelles dont sa grand-mère maternelle fait partie. « À l'âge de huit ans, je baignais dans le raï, dit-il. Le choc, c'est quand j'ai vu il y a plus de dix ans Cheb Mami sur Mosaïque (ancienne émission destinée aux immigrés diffusée le dimanche matin sur l'ex-FR3). C'était la première fois que l'on voyait à la télévision en France un chanteur de raï. À douze ans, j'ai fondé un trio, les Étoiles du raï. Nous jouions dans les MJC, les maisons de quartier. » Fan des Hasni, Khaled, Mami et Hasni, Faudel garde un vif souvenir de ses rencontres avec ses idoles. Il réussit d'abord à décrocher un autographe de la star du raï love (qui, pour la petite histoire, signe avec un tampon !), avant d'assurer en 1995 la première partie de Khaled et Mami, qui l'invitent chacun à faire un duo avec eux. Un reportage qui lui est consacré dans le cadre d'une soirée thématique sur Arte le sort définitivement de l'anonymat. « Après, j'ai participé à un reportage de Saga Cités sur France 3. À la suite de ça, j'ai fait beaucoup de concerts. C'est la meilleure école », raconte Faudel, qui abandonne ses cours en métallurgie entamés après une seconde en comptabilité pour se lancer définitivement dans le raï. Aux Découvertes du Printemps de Bourges, en 1996, il teste son futur tube, *Tellement n'brik* (Je t'aime). La France entière découvre vite la cité du Val-Fourré, jusque-là uniquement connue pour ses émeutes. « Les gens du quartier sont contents, fiers. Il leur fallait une locomotive », dit aujourd'hui Faudel. Ses deux frères, l'aîné Karim, à la voix plus vigoureuse, le plus jeune des Beloua, Abdelghani dit Ghani (excellent joueur de la derbouka dans le groupe Rani), lui emboîtent le pas. « Connaissant Karim, je trouvais dommage qu'il gâche sa belle voix parce qu'il n'avait pas de véritable groupe. J'ai cherché des musiciens à droite à gauche pour jouer du raï. On voulait aussi une musique plus noble, un raï sans paroles trop crues », raconte Ahmed, un ancien animateur de la radio parisienne Beur FM, qui a réussi à monter le groupe Rani en 1993 à Mantes-la-Jolie.

« Mantes-la-Jolie est devenue la capitale du raï beur », lâche Mohamed Cheikh, batteur d'un groupe né aussi en 1993 dans cette commune des Yvelines, les Chabab Artistes, avant d'ajouter : « Nous faisons du raï fusion avec de la funk, de la soul, de la bossa nova ou de la salsa. » En fait, les beurs sont en train d'inventer le raï pluriel, reggae-raï, rap-raï, funk-raï, raï-rock, trance-raï... tout est désormais possible.

Chapitre 19

Les frères du « beuraï »

Les premiers Maghrébins arrivés en France sont des bataillons de travailleurs kabyles que les entreprises métropolitaines ont amenés ici dès 1890. Ces travailleurs ouvrent leurs premiers « cafés arabes » en région parisienne dès 1908, alors que les premiers enregistrements en France de musique maghrébine, kabyle en l'occurrence, datent de 1910. Dès les années trente, cette immigration essentiellement masculine ouvre ses cabarets à Paris, notamment au quartier Latin, El Koutoubia, Les Nuits du Liban, La Casbah, Le Soleil d'Algérie, L'Oasis, Le Bagdad, Le Tam-Tam... Les travailleurs maghrébins ne feront venir leur famille qu'à partir des années cinquante et surtout soixante. Leur exil sera bercé uniquement par les musiques de *là-bas*. Leurs enfants, citoyens français d'un nouveau type, les beurs, intégreront cette musique à leur culture. Durant les années quatre-vingt, beaucoup d'enfants d'immigrés maghrébins se précipitent sur le rap new-yorkais ou le raggamuffin venu de Kingston. D'autres, plus proches des racines musicales de leurs parents, se tournent vers le raï de la jeunesse turbulente d'Oran. « J'aime tout simplement le raï. Le rap, ce n'est pas mon truc », résume Faudel.

Bien avant l'avènement médiatique du raï beur au travers de la voix de Faudel, le groupe Raï Kum (Votre raï) avait défriché la voie. « Je m'intéressais vers la fin des années soixante-dix aux chanteurs de raï traditionnels comme Cheikh Mimouni, Cheikha Rimitti ou Cheikha Zorro », explique Yahia Mokeddem, le fondateur du groupe. Natif du Maroc mais élevé en Algérie, Yahia Mokeddem monte Raï Kum en 1987, en Seine-et-Marne où il vit depuis déjà longtemps. Sa culture est au départ essentiellement rock (Toto, Foreigner, Police), ou rhythm and blues. Le jeune homme écoute aussi de la musique africaine ou réunionnaise. Lors d'un séjour de trois mois en Algérie, il assiste au premier festival de raï d'Oran : « Il y avait de belles choses mais je trouvais les groupes peu structurés. » De retour en France, il accompagne Cheb Tati, Cheb Moumen, Cheb Mami, avant de créer Raï Kum. « On a longtemps ramé parce que les gens étaient habitués au raï décousu de là-bas, explique Yahia. Mais ironie de l'histoire, les chebs ont réussi à créer un raï aux arrangements plus soignés et à avoir des groupes de vrais musiciens. Ce que des gens comme moi voulaient dès le départ. Dix ans après, le raï d'ici et celui de là-bas ont fini par se rencontrer. » Raï Kum mettra des années avant de signer en 1999 son premier album avec une multinationale du disque, Sony.

La même année, avec l'album *Ewa!*, le groupe Seba offre un vibrant hommage au raï du terroir. Les six frères Seba (lion, en arabe), tous nés entre Montfermeil et Villepinte, sont d'une famille issue d'une tribu berbère arabisée de M'Sirda, gros bourg algérien près de la frontière marocaine réputé pour fournir des chanteurs et des musiciens traditionnels aux fêtes familiales et aux cérémonies régionales. En 1989, ils donnent leur premier concert dans la banlieue parisienne, à Gagny. En 1992, les frères Seba remportent le Tremplin Rock de Pontault-Combault. L'année suivante, ils sont lauréats Île-de-France des Découvertes du Printemps de Bourges et commencent à tourner inlassablement (on les retrouvera en concert à la maison d'arrêt de Pontoise, pour les associations SOS Racisme en compagnie des Garçons Bouchers et SOS Ça Bouge aux côtés de Cheb Kader, ou dans le cadre des soirées New Bled Vibrations au Divan du monde à Paris). La solidarité familiale n'empêche pas les six membres de Seba d'exprimer des horizons musicaux différents, et de symboliser à leur manière les innombrables métissages du raï d'ici. « Chacun a apporté son influence, dit Mohamed, l'aîné, batteur et meneur du groupe. Moi, c'est le jazz, Houari, c'était le reggae, Ahmed le flamenco, Farid, le hard, etc. Et nos chansons sont le résultat d'influences diverses, rock, blues et autres. »

Sawt el Atlas (Voix de l'Atlas) est aussi une affaire de famille. Constitué autour des trois frères El Habchi et des trois frères Mirghani, tous enfants d'immigrés marocains nés à Blois, le groupe Sawt el Atlas apparaît en 1990 dans sa ZUP. Ces musiciens sont alors extrêmement précoces puisque le plus jeune a à peine onze ans et l'aîné... tout juste quatorze. Encouragés par une association locale, puis parrainés par la mairie de Blois dirigée par Jack Lang, l'ancien ministre de la Culture de François Mitterrand, le groupe Sawt el Atlas se fait remarquer en 1992 en première partie de Cheb Mami et au festival des Transmusicales de Rennes avant de sortir en 1996 son premier album, *Généraliser*, superbe mix ragga-raï mâtinée de musique populaire marocaine, le chaâbi. Le raï prend d'autres chemins, pour ressembler à ce que chantent les Toulousains de Zebda : « Nous qui vivons/De raï de rock et de musette »...

De plus en plus de jeunes artistes croisent leurs racines

les plus profondes avec les musiques actuelles dont ils sont familiers. C'est le cas de Malik, enfant de James Brown et d'Isaac Hayes d'un côté et des Cheikh El-Khaldi et de Boutaïba Saïdi de l'autre. Ce jeune musicien est à l'origine en 1992 de ce qu'il nomme l'« after raï », une dance music très métissée qu'il portera sur les pistes de plusieurs clubs de nuit à la mode de Paris à Los Angeles sous l'étiquette de Raï-trance. Tout un programme.

Après avoir longtemps dédaigné ou étouffé la culture parentale jugée ringarde et trop traditionnelle, le raï décomplexe définitivement la génération beur. Le festival de raï dc Bobigny en 1986 montre enfin la voie vers la réconciliation et la redécouverte de leur culture d'origine. « Quand le raï a débarqué en France, ça m'a débloqué, raconte Yahia Mokeddem de Raï Kum. J'ai eu une attirance pour mes racines. Je suis allé à la découverte de l'Algérie, et je me suis mis à apprendre l'arabe pour pouvoir composer du new raï. »

Cette musique échevelée née il y a plusieurs décennies dans l'Oranie devient pour les jeunes Franco-Maghrébins un véritable tremplin. Rien d'étonnant à ce que ça soit eux, aujourd'hui, qui en assurent l'avenir. « La majorité des membres de ces groupes avaient dix ans quand nous sommes arrivés ici au milieu des années quatre-vingt, explique Cheb Mami. Ils ont donc grandi en nous écoutant. Ces enfants d'immigrés maghrébins qui jouent du raï garantissent la relève internationale de notre musique qui est désormais la leur. N'oublions pas qu'eux sont français. » Les enfants français du raï.

Aujourd'hui en Algérie, les derniers héros du raï s'appellent Cheb Mami Sghir, Cheb Hasni Sghir, Cheb Nasro Sghir (*sghir* signifie le petit, le jeune, histoire de les distinguer de leurs aînés). Ils se nomment aussi Houari « Dauphin », Houari « Palace », Houari « Napoli » (Houari est un prénom typique d'Oran et, pour différencier les chebs, on leur accole le nom de la boîte de nuit où ils officient ou grâce à laquelle ils se sont fait connaître).

Et les choses ont bien changé ! Si au début des années quatre-vingt les chanteurs du raï n'étaient qu'une poignée, aujourd'hui les chebs et chabate sont des dizaines. Et des artistes comme Chaba Kheïra, Chaba Chahra ou Chaba Dalila enregistrent quotidiennement des cassettes en espérant bien sûr décrocher le tube du moment. La suprématie absolue d'Oran est aujourd'hui battue en brèche par de nouvelles vocations venues des quatre coins du pays. De Constantine, de Kabylie, d'Alger, enfin, avec notamment des artistes comme Hassan, Mohamed Allia ou Akil. Ce qui n'empêche pas la ville qui a vu éclore ce genre musical majeur de rester la plaque tournante de toute la musique, grâce à un nombre de clubs en perpétuelle progression.

Fini également le temps où les raïstes étaient tous issus des classes populaires et avaient un faible niveau scolaire. Aujourd'hui on voit de plus en plus apparaître des chebs qui ont suivi des études supérieures et qui se servent clairement du raï comme d'un moyen de réussite sociale, quand les diplômes ne mènent plus à rien... Et les paroles elles aussi changent ! Les chebs et chabates qui racontaient de leurs voix brûlantes les chagrins et les désirs provoqués par le sexe opposé, laissent parfois la place à de jeunes artistes plus ambigus revendiquant, comme Cheb Abdou, une homosexualité exubérante.

Le pouvoir algérien n'y peut rien. Les islamistes non plus. Rien ne semble pouvoir freiner la grande vague raï.

Annexes

Discographie

Anthologies

Cheikh Hamada *Le chant gharbi de l'Ouest algérien* (Club du Disque Arabe, 1994)
L'unique CD du maître du chant bédouin, dont la voix et le style ont influencé des générations de chanteurs de bédoui et de raï traditionnels.

Cheikha Rimitti *Les Racines du raï* (CMM Productions/Buda Musique)
Aux sources du raï (Institut du monde arabe/Blue Silver, 1993)
La diva du raï, celle qui a définitivement donné ses lettres de noblesse au raï traditionnel avant d'être pillée par les jeunes loups du pop raï. On retrouve ici quelques-uns de ses chants fondateurs comme *Charag gataâ, La Camel, Bakhta,* enregistrés lors de ses mémorables concerts à l'Institut du monde arabe en février 1993.

Cheikha Djénia *La Diva du raï* (CMM Productions/Buda Musique)
Un chant qui fait frissonner... Cheikha Djénia résume tout le blues du raï profond.

Barbès Café (Night & Day)
Cette compilation présente en CD quelques grandes voix du raï traditionnel comme Cheikh Mohamed Belkhayati et Bouteïba Saïdi, et dont on ne retrouve plus aujourd'hui ni les quarante-cinq tours ni les cassettes.

Le Monde du raï (Blue Silver, 1995)
Sous-titrée *Des années 50 à nos jours*, cette anthologie est un remarquable panorama du raï : tradition (Rimitti), raï rurbain de Bellemou, pop raï de Khaled, raï love de Hasni...

Messaoud Bellemou *Milouda* (Blue Silver, 1988)
Le père du raï (World Circuit/ Média 7, 1989)
avec sa trompette mi-bédouine, mi-espagnole, Bellemou est sans doute l'un des musiciens qui ont le plus préparé le terrain à l'éclosion du raï moderne.

Pop raï

Raï Rebels *Various* (Earthworks/Virgin, 1988)
Le meilleur instantané sur le raï du début des années quatre-vingt. Avec les voix des Khaled, Saharaoui, Fadéla, Hamid, Benchenet, Zahouania et les compositions de Rachid Bab-Ahmed, assassiné en 1995. À noter que l'on retrouve sur ce disque le premier succès raï à vocation internationale, *N'sel fik*.

Raï Rebels *Pop-raï and Rachid Style* (Earthworks/Virgin, 1990)
Les mêmes que dans Raï Rebels, avec Anouar et Zahouani en plus, nouveaux venus dans le raï à l'époque.

Fadéla-Sahraoui *Hana hana* (Island, 1989)
Certainement le disque le plus abouti de l'ex-couple du raï.

Cheb Khaled *Le Meilleur de Cheb Khaled vol. 1 et vol. 2* (Blue Silver, 1991)
Kutché. (Zone Music/Pathé, 1988)
Les déclamations sombres d'un Khaled roi du raï à Oran. On y retrouve quelques-uns de ses premiers succès « made in Oran », *S'hab el baroud, Baraka, Hada Raïkoum, Rouhi ya Wahran.*

Cheb Mami *Fatma* (MCPE, 1989)
Le cadet des ténors du pop raï, encore appelé le Prince du raï, dans quelques-uns de ses premiers exploits... Pour *Labnate hajou* ou *Moul el bar.*

Houari Benchenet *Allah* (Sun Sound System)
De toutes les stars du pop raï en Algérie, Benchenet est la seule qui n'ait pas fait une carrière internationale et ait enregistré ses chants essentiellement sur cassette. Ce disque est donc une rareté !

Chaba Zahouania *Le Meilleur de Chaba Zahouania* (Blue Silver, 1994)
On retrouve dans ce disque une version de *Khali ya khali*, la chanson qui a révélé celle qui fut longtemps considérée comme le pendant féminin de Khaled.

New raï

Cheikha Rimitti *Sidi Mansour* (Absolute Records/Média 7, 1994)
Le compositeur originaire d'Oran Houari Talbi a réussi à rassembler quelques rockers frappés (comme Robert Fripp, par exemple) pour un fabuleux voyage autour de la voix de celle qui reste « la mamie du raï ».

Khaled *Khaled* (Barclay, 1992)
Produit à Los Angeles par Don Was et à Bruxelles par Michael Brook, cet album est celui de la consécration internationale : le tube *Didi* fera le tour de la terre !
N'ssi n'ssi (Barclay, 1993)
Peu différent de l'album précédent, ce disque est indispensable ne serait-ce que pour une merveilleuse interprétation de *Bakhta* et *El Marsem*, fleurons du vieux chant oranais.
Sahra (Barclay 1996)
Ce disque nuancé, où on trouve une version remix de *Aïcha* (le tube planétaire composé par Jean-Jacques Goldman), propose une reprise éplorée de *Wahran Wahran*, chanson emblématique de la saudade oranaise.
Kenza (Barclay, 1999)
Produit par Steve Hillage (complice de Rachid Taha depuis des années) et Lati Kronlund (fondateur du collectif new-yorkais Brooklyn Funk Essential), ce disque célèbre les métissages du raï. Orchestre à cordes égyptien, chanteuse anglo-pakistanaise, reprise de John Lennon (*Imagine* en duo avec Noa), ballade signée Jean-Jacques Goldman... Khaled donne à la musique algérienne une dimension planétaire.

Cheb Mami *Let Me Raï* (Totem Records, 1990)
Interdit à l'époque par une censure imbécile liée à la guerre du Golfe, cet album constitue un délicat équilibre entre le spleen des premiers raï et la vigueur du raï moderne.
Saïda (Totem/Blue Silver, 1994)
Enregistré entre Paris et Los Angeles, c'est le disque qui ouvre le chemin du monde à Mami.
Meli meli (Totem/Virgin, 1998)
Le disque de la consécration définitive pour Mami, « l'autre voix du raï ».

Fadéla-Sahraoui *Walli* (Gafaïti Production/Sonodisc, 1995)
Composé par Mohamed Maghni, qui a signé à Oran la musique de plusieurs tubes raï, et par un des maîtres de l'avant-garde new-yorkaise, Bill Laswell, cet album inégal est le dernier signé par le couple légendaire du pop raï.

Cheb Tahar *Le Prince du raï* (Gafaïti Production, 1995)
Tahar reste le plus remuant et le plus spectaculaire des chanteurs raï de la génération Khaled. La preuve : ce disque épicé !

Raïna Raï *Hagda* (Blue Silver, 1996)
Raïna Raï, de Sidi Bel Abbes, reste dans l'histoire comme le véritable premier groupe de raï. Un document.

Cheb Zahouani *Abdelkader ya boualem* (Celluloïd,1990)
Cheb Zahouani appartient à cette génération de raïstes apparue entre celle des Khaled et Mami et celle des Hasni et Nasro. Un raï de transition, en quelque sorte...

Cheb Aïssa *Nouara* (Globe Music/Sony)
Installé à Marseille comme plusieurs autres raïmen, Cheb Aïssa marche tout doucement sur les pas des Khaled et Mami avec « le raï trad », pétri par la terre qui l'a fait naître.

Cheb Abdou *Habibi* (Blue Silver, 1999)
Star en Algérie du raï fin de siècle, Cheb Abdou chante les improvisations grivoises des meddahate, les musiciennes traditionnelles dévolues au grand défoulement entre femmes, avec des manières dignes de *La cage aux folles*. Le Little Richard du raï.

Raï love

Cheb Hasni *Rani mourak* (Gafaïti Production, 1994)
Le roi du raï sentimental, assassiné en 1994, est jusqu'à aujourd'hui le plus gros vendeur de CD au Maghreb. Personne ne l'a encore remplacé dans le cœur des nouvelles générations.

Cheb Nasro *Reviens à moi* (Blue Silver, 1996)
Ami de Hasni, Nasro est l'héritier du roi du raï love. Il lui manque peut-être cependant le charisme de la star défunte.

Raï Beur

Cheb Kader *Mhainek ya galbi* (Blue Silver, 1988)
Le pionnier du raï des beurs pose ici les bases de ce style : paroles plus neutres et musique mieux maîtrisée.

Cheb Malik *After Raï* (Aladin le Musicien, 1992)
C'est la première œuvre de l'inventeur d'une dance raï peu exploitée par les ténors venus d'Algérie.

Faudel *Baïda* (Mercury, 1997)
Le premier disque de raï beur signé par une multinationale. *Baïda* installe définitivement cette musique auprès du (très) grand public.

Raï Kum *Raï Kum* (Saint-George/Sony Music, 1999)
Cet album très métissé donne un aperçu du savoir-faire du plus vieux groupe de raï beur.

Seba *Ewa !* (Kwark/Socadisc, 1999)
Les six frères Seba chantent ici un raï émouvant en hommage aux ancêtres du bled profond et à l'immigration maghrébine, symbolisée ici par *L'Arabe du coin*.

Bibliographie

Anthologie de la musique arabe 1906-1960, A. Hachlaf A., Publisud-Centre Culturel algérien de Paris, 1993.

Être marginal au Maghreb, Essai d'analyse d'une chanson raï – côté hommes, M. Schade-Polsen, Éditions du CNRS, Paris, 1993.

Industrialisation, espace et société en Oranie, B. Semmoud, Cahiers du C.D.S.H, Oran, 1982.

La musique algérienne et la question du raï, B. Mazouzi, *La Revue musicale,* Paris, 1990.

L'aventure du raï, musique et société, B. Daoudi et H. Mililani, Point Virgule-Le Seuil, Paris, 1996.

Le raï, M. Belhalfaoui, Éditions le Théâtre universel, Colombes, 1986.

Mémoires 1919-1939, tome 1, M. Bachtarzi, SNED, Alger, 1968.

Mestfa ben Brahim, barde de l'Oranais et chantre des Beni Amer, A. Azza, SNED, Alger, 1979.

Musiciens et poètes ambulants au Maghreb, H. Miliani, La Découverte, Paris, 1991.

Parcours symboliques de la chanson raï, H. Miliani, *Internationale de l'Imaginaire* n° 5, Paris, printemps 1986.

Filmographie

Cheb de Rachid Bouchareb, 1992
Un beur de dix-neuf ans se fait expulser de France vers l'Algérie, où on l'incorpore au service militaire. Malgré son titre, le film n'évoque le raï et son monde qu'à travers la bande-son.

Bab-el-Oued City de Merzak Allouache, 1994
Portrait d'une jeunesse algérienne écartelée entre islamisme et soif de liberté, avec du raï en fond sonore.

Raï de Thomas Gilou, 1995
Péripéties d'une tribu de Blancs, Blacks, beurs de banlieue, où rap et raï se partagent la bande musicale.

1,2,3 Soleils de Bertrand Blier, 1993
En signant la bande originale de cette histoire de beurs et d'immigration dans la banlieue de Marseille, Khaled a décroché une Victoire de la musique bien méritée.

100 % arabica de Mahmoud Zemmouri, 1997
C'est le premier film où le raï tient la vedette. Avec Khaled et Mami comme acteurs, incarnant des héros aux prises avec quelques islamistes de banlieue. Une réussite.

Sites internet

Parmi les nombreux sites internet consacrés au raï et à la musique algérienne, citons :

CULTURE RAÏ **www mediaport.net/music/artists/culture rai**
Un des plus gros sites consacrés au genre, un des plus complets (biographies de groupes et d'artistes, musique, etc.)

ALGERIAN MUSIC **www.waac/cultural/rai**

RAÏ ATTITUDE **www.guillotconsulting.ch/"migrants.rai**

RAÏCOM **www.leweb.com/raicom/musica**

Table

Annexes

DANS LA MÊME COLLECTION

Les Beatles - n° 324
par François Ducray

Le blues - n° 359
(à paraître)
par Stéphane Köechlin

Bowie - n° 266
par Nicolas Ungemuth

Georges Brassens - n° 295
par Florence Tredez

Coltrane - n° 267
par Pascal Bussy

Miles Davis - n° 307
par Serge Loupien

Jacques Dutronc - n° 343
par Michel Leydier

Gainsbourg - n° 264
par François Ducray

Jimi Hendrix - n° 342
par Olivier Nuc

Billie Holiday - n° 358
(à paraître)
par Luc Delannoy

Bob Marley - n° 278
par Francis Dordor

Les musiques celtiques - n° 294
par Emmanuelle Debaussart

Les musiques cubaines - n° 279
par François-Xavier Gomez

Le raï - n° 348
par Bouziane Daoudi

La techno - n° 265
par Guillaume Bara

Charles Trenet - n° 306
par Pascal Bussy

Librio
Le livre à 10 F
348

Composition Euronumérique
Achevé d'imprimer en Europe
à Pössneck (Thuringe, Allemagne)
en janvier 2000 pour le compte de E.J.L.
84, rue de Grenelle 75007 Paris
Dépôt légal janvier 2000

Diffusion France et étranger : Flammarion